「君を揶揄うのも、
揶揄われて少し赤面する君も、
私のことを気遣う君も、
全部好き。
大好き。
愛してる」
先輩と伊豆旅行

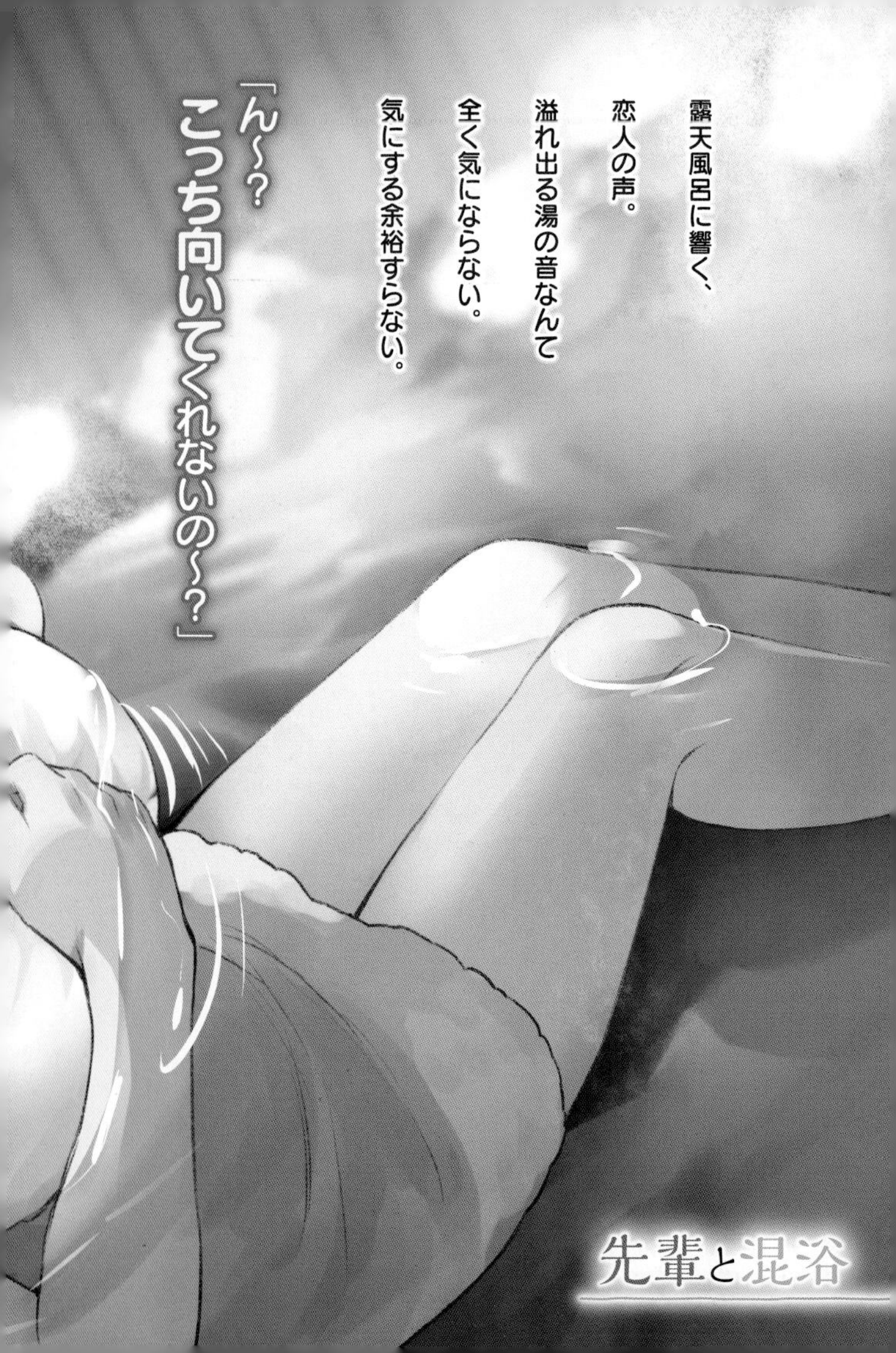

露天風呂に響く、
恋人の声。
溢れ出る湯の音なんて
全く気にならない。
気にする余裕すらない。

「ん～？
こっち向いてくれないの～？」

先輩と混浴

「今はちょっと
勘弁してください……」

『えっと、先輩……？』
『かっこよすぎて、無理……っ』
先輩、照れる

お酒と先輩彼女との甘々同居ラブコメは二十歳になってから 2

こばやJ

HJ文庫
1161

口絵・本文イラスト　ものと

2

Osake to Senpai Kanojyo tono AmaAma Doukyo Love & Comedy ha Hatachi ni nattekara

第一章　先輩との甘々ラブコメはどこでも

「ふふっ、孝志くん緊張してる？」

「そりゃ緊張しますよ。旅行は初めてじゃないですけど、紅葉先輩との遠出は初めてですし」

「私も初めて。家族以外と二人で旅行するの。だから、私も緊張しちゃってる」

「そんな感じしないんですけど……」

「だって私には孝志くんがいるからね。緊張はするけど、楽しみの方が強いもの」

「先輩……」

赤髪の美女が俺の名前を呼ぶ。

ゆらゆらと真紅の髪を揺らして、にっこりと朗らかに微笑む大谷紅葉先輩。

今朝家を出て、二時間が過ぎた頃だろうか。空はすっかり明るくなり、太陽が高く昇ってきている。

そんな朝と昼の境目に、紅葉先輩と俺は電車に揺られてのどかに旅行をしているのだった。

予定なんてない。今朝突発的に決まった、旅行なのだから。

大学の最寄駅から二度三度乗り換えて、あとは今乗っている電車が目的地に到着するのを待つだけ。

そんな慣れない出来事がまとめて襲い掛かってきている中で緊張しない方が難しい。

けれど流石は紅葉先輩。緊張しているなんて言いながらも、その様子は一切見られない。外では隙なんてなかなか見ることなんてない。美しいという言葉が先輩のためにあるのではないかと、過信してしまうほどに整った佇まい。

こんな美人が俺の前でだけデレデレと甘えているだなんて誰が信じるのだろうか。

いや、そもそも紅葉先輩の甘えている様子を誰かに話すなんて、そんなもったいないことをするわけがない。

だってそうだろう？　先輩のだらしない姿は俺だけが見られればいいんだから。

隙のある先輩を見られるのは、人気の無いところや俺の部屋でくらい。

「ん〜？　なにかあったの〜？」

少しニタリとした表情の先輩も俺だけが知っていればそれでいい。誰にも先輩の可愛い姿を見せたくない。

先輩と同居を始めてから、ますます独占欲が増してきたように感じる。

別にそれが悪いことなんて思いはしないけれど。

「別に何もないですよ？」

「あっ、顔赤くなってる。孝志くんは素直でいいね」

「紅葉先輩が揶揄うからですよ」

好きな人が、自分の恋人が自分にだけ微笑む。些細だけれど、確かな好意に感情が昂らないわけがなかった。

もちろん、素直にドキドキしたなんていえない。言ってしまえば、いつものように先輩のペースに巻き込まれてしまう。

せっかくの旅行なんだ。旅行中だけでも先輩のペースに抗うんだ。

静かに決意すると、俺は隣の座席に置いてあった紙の手提げ袋を持ち上げる。

「それより、熱海駅で買った駅弁食べませんか？」

袋の中身は最後の乗り換え駅だった熱海で買った駅弁二つ。

「話逸らそうとしてる～？」

「ち、違いますよ。お腹空いただけですって」

「そう？　それなら――」

そう。話を逸らそうとしているわけではない。実際問題、起きてからまだ朝食を食べていない。だからお腹が空いて駅弁を食べようと誘うのは、何ら不自然なことではない。

そう。なにもおかしくないのだ。

「私があ～んして食べさせてあげるね。それくらい、大丈夫だよね？」

先輩の目が本気ということ以外は。

周りを見てみれば、先輩と俺以外の乗客はほとんどいない。いても俺たちとは離れているし、きっと気にも留めていないだろう。

つまりは見事に人気の無い状態になっているわけだ。

こうなってしまえば、先輩は止まらない。

運がいいのか悪いのか、座席はボックス席。乗客からは死角になりやすい反面、逃げ場もない。本気になった先輩から逃げる隙などありはしない。

逃げようとも思わない。むしろ、決意を固めるいい機会じゃないか。旅行中は先輩のいいようにはならないという決意を確かなものにするには、絶好の機会じゃないか。

返事は当然決まっている。当たり前だ。先輩からの誘いを断るわけがないじゃないか。

そんな思いを口にしていく。

「だ、だいじょうぶです……」

「大丈夫っていうのは、どっちの大丈夫？　ちゃんと言葉にしないとわからないなぁ〜」

「あ〜ん……しましょう……っ」

「言い淀んでるけど、大丈夫〜？」

いや、分かっていた。頭では分かっていても、先輩に振り回されてきた慣れには逆らえない。どうしたって、そんな自分が出てしまう。

けれど、この旅行を機に少しでも先輩との関係を深くしたい。

ただただ先輩に振り回されているだけじゃなく、俺が先輩をリードできるように。

紅葉先輩の彼氏としての欲を胸に、大きく深呼吸。

「……気のせいですよ」

さっきまでの淀みは消えた。そんな自分を目にして先輩はクスリと笑った後、いつもの、いやいつも以上に甘く濃密な笑顔へと成っていく。

「じゃあ、始めよっか。美味しい美味しい駅弁を食べさせてあげるねぇ〜」

旅行最初の甘い瞬間が始まる。

「はい、お口開けて〜」

紅葉先輩の言葉に誘われるまま、大きく口を開く。

先輩の華奢な指に、その延長線たる竹箸。先にのっかるのは、あさりのおこわ。

艶やかなテカリ具合から分かる、米のモチモチ感。小ぶりながらもしっかりしていることが分かるあさり。

格別なものを先輩に食べさせてもらえることに、なにを躊躇することがあるのだろうか。

俺はただひたすらに、先輩からのご馳走を待ち侘びる。

「ふふっ」

「あの……先輩？」

「あぁ、ごめんね。孝志くんが可愛くてつい。今食べさせてあげるから」

「……結構恥ずかしいので、なるべくはやくしてもらえると助かります」

きっとバレているのだろう。

俺が先輩からの甘いひとときを無性に欲していることなんて、本人にはバレバレなのだろう。

だからといって、それを止める理由はどこにもない。むしろ、本人からやめてと言われていないのだから、この欲望は間違っていないのだろう。

もちろん、待たされて恥ずかしいものは恥ずかしいけれど。

それでも俺は先輩に振り回されると分かっていても口を閉じることはしなかった。

先輩からあ～んされるまでずっとずっと、待ち構えるつもりだった。

だってそうだろう？　学年どころか大学中の男子学生が注目の的にしている紅葉先輩の特別な行為を、俺だけが受けられるんだ。恋人だからいつでもできるでしょ、と諭されても俺は何度でも全力で欲に身を任せる。

それくらい、俺は大谷紅葉という女性に本気で恋をしてしまっているから。

「はい、あ～ん」

「あ、あ～ん……ん、んぐんぐ……っ」

「どう？　美味しい？」

「もちろんですよ」

美味しい。美味しくないわけがない。脳内を走り回る幸せ成分が強過ぎて、今味わっているものが本来の味なのか幸せ補正が入っているのか分からないくらいに、美味しくてたまらない。

恐るべし、紅葉先輩のあ～ん。恐るべし、駅弁のあさりおこわ。

まだまだ味わっていないおかずはたくさんある。目的の駅まではまだ長い。

外の景色は、緑を主体とした独特な崖地形。時たま姿を現す海と、駅と駅の間にある長いトンネルが伊豆独特の地域性を出していてなかなかに楽しい。

　このままのんびり幸せなときを目的地でも味わいたい。そんな、些細な想いを頭に思い浮かべていたときのこと。

「じゃあ次は……っと」

「ちょ、大丈夫ですかっ⁉」

「あはは、お茶こぼしちゃった。あ、駅弁には掛かってないから安心してね？」

「誰も駅弁の心配なんてしてませんよ！　先輩の心配をしてるんです！」

　ボックス席の窓際に置いてあったお茶が先輩の方に倒れたのだ。どうやら蓋を閉めようとして、少しまごついてしまったらしい。

　普通のお茶なら俺は慌てることなく、タオルなりハンカチなりを差し出してそれとなくフォローするものだけれど、不運なことに先輩の飲んでいたお茶は『あたたかい』。つまりは下手したら火傷する可能性もあるというわけだ。

　いつでも買い直せる駅弁なんかよりも、世界に一人しかいない紅葉先輩の方を心配するに決まっている。

　このまま幸せな時間をと望んでしまったからだろうか。先輩を独占しようとしたからだろうか。

　血の気が引いていくのがよくわかった。求めて求めて、求め過ぎて先輩が側から離れていってしまう感覚に襲われた。

　俺はいてもたってもいられなくなってしまった。

「火傷してませんか⁉　俺のお茶冷たいやつなので、ひとまずそれでハンカチを濡らしてかかったところを冷やしましょう‼」

「孝志くん、落ち着いて」

「落ち着いてなんていられませんよ‼　先輩に何かあったらどうするんですか！」

「私のお茶、もうぬるいから大丈夫だよ。火傷してないし、それ以外にも何もないわ。だから、落ち着いて？　ね？」

「……あ」

　やってしまった。俺は瞬時に冷静になっていく。いかに自分が我を忘れていたのかを身に染みて分かってしまうほどに。

　ダメな男だと思われてしまっただろうか。トラブルに弱い、ダメな彼氏と思われてしまっただろうか。

　あぁ、嫌だ。せっかくの幸せな時間が俺の早とちりで台無しだ。

　俺は本気でそう思っていた。

――紅葉先輩に強く抱きしめられるまでは。

「もう、孝志くんってば慌てすぎだよ」

「す、すみません……」

「謝らなくたっていいのよ。孝志くんの優しさはいっぱい伝わってきたから」

「そういうのじゃ、ないですよ……」

先輩に背中をポンポンと叩かれ、宥められていく。先輩を心配するどころか、先輩にあやされてしまっている。

先輩は俺のことを優しいなんていうけれど、自分の中ではそうではない。

大好きな人がそばからいなくなるのが怖くて、辛くて、そんな思いをしたくないから必死にもがいているだけなのだから。

それでも先輩は事あるごとに「優しいね」と言ってくる。

あぁ、紅葉先輩。そんなことをされてしまったら、もっともっと好きになってしまう。

好きになって、今まで以上に歯止めが利かなくなって、きっとさっき以上にトラブルがあったら取り乱してしまうのだろう。

それでも先輩は俺の側にいてくれるのだろうか。先輩の隣に相応しい男として、いられるのだろうか。

いや、いられるのだろうかじゃないな。ずっと側にいられるようにもっともっと頑張らないといけない。

そのためにも、まずは壊れてしまった空気を取り戻さないと、だよな。

「ありがとうございます。もう、大丈夫です」

「そう？　無茶しなくていいんだよ？」

「いえ、先輩に抱きしめられて、すっかり元気が出ました」

「そう？　それならよかった」

先輩に正面から抱きしめられて元気が出ない男なんてこの世にいるのだろうか。美人なのは当然だとして、躊躇なく抱きしめられる包容力に、優しい笑顔。

そして、何よりも意識がいってしまうのは豊満な胸。取り乱している最中は、自分のことでいっぱいいっぱいで気に留める余裕は無かったけれど、今ははっきりと分かる。

ふにゅりと俺の胸元で潰れている先輩の胸が。

意識とともに吸い寄せられてしまう胸元への視線。不意に思い出されてしまう、谷間に腕を挟まれてイチャイチャした甘すぎる出来事。

不可抗力だって、先輩が俺のために身を寄せていることなんて分かりきっているのに、どうしても体が反応してしまう。

――もっと刺激が欲しい、と。

「あの……先輩……」

「ん？」

「続き、いいですか？」

「続き……あぁ、元気ってそういうこと」

自分が単純なのか。それとも紅葉先輩が上手なのか。少しだけ考えたのち、先輩はいつもの甘い表情へと変わっていく。

いや、いつも以上に甘い表情の先輩に俺は欲を加速させてしまう。

「じゃあ、向かい合わせじゃ孝志くん的には物足りないよね」

駅弁が無事かどうかなんてこの際どうでもいい。紅葉先輩が無事ならそれでいい。紅葉先輩とイチャイチャ出来るのなら何でもいい。

好きな人と、場所関係なくイチャイチャ出来るのならそれでいい。

もっとも――。

「あの……近くないですか？」

「ん～？　孝志くんは私と密着するのは嫌(きら)い？」

「そんなわけないじゃないですか」

「じゃあいいよねぇ～」

先輩のペースに振り回されない、という旅行中の決意はあっという間に消え去ったのだけれども。

やっぱり先輩には敵わないし、そんな先輩に恋してしまっている時点で俺に勝ち目なんてないのだけれど。

あれよあれよという間に、駅弁や先輩を堪能していく。口と肌で幸せを感じ、胸の奥から込み上げてくる強い感情。

純粋だけど、ちょっぴり過激なこの感情を先輩にぶつけるかどうかを考えてしまう。

「ほらほら、孝志くん。次のおかずはつくねだよ〜？」

「は、はいっ！」

「ふふ、緊張してる孝志くんかわいいね、やっぱり」

「初めにも言いましたけど、緊張しない方が無理ですって」

「そうだね。私も緊張してるもの」

本当に緊張しているのかどうか分からなくなるほどに、先輩の口調は明るい。

けれどその言葉が嘘ではないことは、肌越しに伝わってくる。時たま、ビクッとなる紅葉先輩の柔肌。腕に絡みついている指先がグッと食い込む。

こんなことをされてしまえば、純粋で過激な感情なんて吹っ飛んでしまう。

だってそうだろう？　今日は先輩のお父さん、幸太郎さんと一悶着あった日の翌日。突発的な旅行の理由だって察しがつく。

だから、今は先輩に負担をかけるような感情は封印しておかないと。

先輩が幸太郎さんと向き合えるようになるまで、側にいるって決めたから。

そうこうしていると、目的地に到着する。

静岡、伊豆半島の東部。東伊豆エリアの一つ、伊豆高原へと。

◇閑話◇

揺れる。気持ちが揺れる。

このままでいいのかという思いと、失敗したくないという思いが交錯する。

そんな重い感情を忘れようと、私は孝志くんに甘える。

優しい彼は私に文句一つ言わない。文句どころか嫌な顔一つ見せずに、私のわがままな旅行について来てくれる。

お父さんから逃げたいだけなのに。お父さんから突きつけられる現実を先延ばしにしているだけの自分勝手な行動に、孝志くんは「彼氏なんだから、当然です」と言わんばかりに平然とした表情で向かいの席から私を見つめてくるのだ。

　そんなことをされてしまえば、お父さんのことなんか忘れて孝志くんに思いっきり甘えたくなってしまう。

　手始めに熱海駅で買った駅弁をあ～んして、ちょっぴり無防備な姿を見せて揶揄ってみたり。

　ボックス席の中でイチャイチャして、最後にほんのり緑茶味のキスをしたり。

　そんなことを目論んでいたのに、お茶を溢しただけで孝志くんがあんなに変貌するなんて思いもしなかった。

『誰も駅弁の心配なんてしてませんよ！　先輩の心配をしてるんです！』

　不意打ちすぎて、いつも以上にドキッとしてしまった。

　孝志くんが感情的になるのはてっきり、揶揄われすぎて我慢の限界が近い時くらいかと思っていた。普段抑制している分が弾け飛んで感情的になるものだと思っていた。

　でも、泣きそうになっている恋人の表情を見てしまったら、抑制していた感情ではないことがわかってしまう。

　焦っていてとても激情的。だけど動作に荒々しさはなく、丁寧に丁寧に火傷していないかどうか、私の体の様子を窺っている。

そんな献身的な彼の姿を見ていたら、胸がいっぱいになって抱きつかずにはいられなくなってしまった。

好きが溢れて、好きが制御できなくなって、好きが具現化する。そうして抱き寄せた彼の体はとても温かかった。温かくて温かくて、このまま熱いキスをしてしまいたいとさえ考えてしまった。

「続き……いいですか……？」

孝志くんが正気を取り戻して、甘いイチャイチャへの空気に戻してくれなかったら、本当にどうなってたんだろうか。

孝志くんはわかっててイチャイチャを求めているのだろうか。それとも素でイチャイチャを欲しているのだろうか。

どちらにせよ、孝志くんの言葉で私は救われた。旅行の空気がめちゃくちゃにならずに済んだ。

だから、私もお返しに空気を作ってあげないと、だよね？

「続き……あぁ、元気ってそういうこと」

表情自体は変わらずとも、少しずつ頬が紅潮していく孝志くん。

意図がバレて恥ずかしいのかな。それとも揶揄われてドキドキしてるのを必死に抑えているのかな。

いや、この際どっちでもいいや。

「じゃあ、向かい合わせじゃ孝志くん的には物足りないよね」

孝志くんとイチャイチャしたいこの気持ちは誤魔化しようのない真実なんだから。

好きで、大好きで、親に反対されても突き通したくなるくらい愛している。とっくの昔に誤魔化せるほどの小さな感情ではなくなっているのだから。

もちろん、誤魔化すつもりなんて一切無いのだけれども。

あとはこの気持ちをお父さんが理解してくれたら、それでいいのに。

……いや、今は忘れよう。せっかくの孝志くんとの旅行なんだからそれをめいっぱい楽しまなきゃだよね。

そのために、私たちの大学から近くて遠い、普段の生活じゃ選択肢に入らない伊豆を旅行先に選んだのだから。

もちろん、温泉旅館で孝志くんと色んなことをしたいって欲もあるけど……。

「楽しみだね、孝志くん」

「ですね」

駅に着く。キャリーバッグを片手に電車を降りる。空いたもう片方の手で、恋人と手をつなぎ合う。

どうして繋ぐのか。そんな野暮なことを孝志くんは聞いてこない。今更、聞くまでもないことだもの。

それでもあえて口にしてみる。

「愛してるよ」

孝志くんの反応は、言うまでもないよね？

「本当に来ちゃいましたね、伊豆まで」

「後悔してる?」

「まさか。緊張はしてますけど、先輩との旅行に後悔なんてしませんよ」

「孝志くんならそう言うと思った」

ニッコリと笑う紅葉先輩。そんな恋人を見るだけで満足してしまう。

やっぱり悩んでいる先輩よりも、その時その時を楽しんでいる先輩の方が格段に好きだ。

それこそ、俺を揶揄おうと企んでいる先輩の表情は特に。

揶揄って、たまに反撃されて少し照れている先輩はもっと好きだ。

好きと好きが重なって、また新しい好きが生まれる。この先も俺は、先輩を何度も好きになるのだろう。

ひらりと風に流されて揺らめく、真紅のサイドテール。誰もが二度見、三度見するほどの美貌。中には、そんな先輩に邪な感情を抱く人もいる。

けれどそれは先輩の魅力の一つ。外見的なもので先輩の全てがわかるわけもない。少なくとも、先輩の性格や実情を知っていてもまだまだ好きになってしまう要素があるのだから、外見だけで判断している人に負ける気はしない。

そもそも譲る気すらないけれど。

「ん〜〜！　空気がおいしいねぇ〜〜〜！　孝志くんもしてみよ、深呼吸。スッキリするよ」

「そうですね。じゃあ、一緒に」

周りの人なんて気にしていないのか、手を組んで腕を天に伸ばし無防備な表情を晒す紅葉先輩。

気持ちよさそうに伸びをする先輩に、当然のように周りの視線が集まる。

当の本人はまったく気にしている様子なんてない。ずっとずっと、俺のことばかり見ている。

それが堪らなく、好きで好きでつられて伸びをしないとどうにかなってしまいそうだ。

今日はそういうことのために伊豆に来たわけではないのだから。

「ところで、俺のことを心配する先輩はどうなんですか？」

「どうっていうのは？」

「いや、その……いろいろですよ」

例えば、そう。先輩と幸太郎さんの問題とか。

けれど、俺の口にした言葉が蠱惑的な先輩を呼び覚ましてしまった。

いつもと変わらない甘い先輩。だけど、確実に俺の弱いところを突いてくるちょっぴり積極的な先輩。

俺だけが知っている、俺だけの先輩がギュッと身体を寄せてくる。

「ん～？　そのいろいろが知りたいなぁ～。孝志くんはどんないろいろを想像してるのかなぁ～？」

「それはちょっと、言えませんけど……」

「えっちなヤツだ」

「違いますよ⁉」

本当に違う。先輩が期待するような想像は本当にしていない。この旅行の最中は、しっかりと気を張り詰めているつもりだった。

先輩と幸太郎さんとの件をどうにかしてから、自分の我を出そう。

本気で、そう思っていた。

「じゃあ、孝志くんは期待してないんだ」

「期待って、どんなですか……」

「お、ん、せ、ん」

「……っ！」

刹那（せつな）、脳内に浮かぶ温泉を堪能する紅葉先輩。湯上がり直後、紅潮した肌を隠（かく）すようにバスタオルを巻く紅葉先輩。火照（ほて）りを誤魔化すようにパタパタと巻いたバスタオルで扇（あお）ぐ紅葉先輩。

考えれば考えるほど、これ以上考えちゃダメだって分かっているのに、無防備な恋人を想像してしまう。

今はそんなことを考えている場合じゃないのに。

けれど、どうしてだろうか。嬉（うれ）しそうな先輩を見てしまうと、どうでも良くなってしまう。

「ふふっ、察しがいい孝志くんは大好きよ。家を出発するときに孝志くんが食いついて反応してたのしっかり覚えてるんだからね、私」

「〜〜〜っっ!!」

ちょっぴり過激な先輩に参ってしまうときもあるけれど、それもそれで彼女（かのじょ）の魅力。

また好きになってしまうのだから、本当に先輩の可愛さには困ってしまう。

「それより、チェックインまでまだ時間あるしちょっと寄り道していかない？」

「紅葉先輩がいいなら、俺はどこでもいいですよ」

「行きたいところがあるなら、孝志くんが提案してもいいんだからね」

「じゃあその時には」

「どんなえっちなところなんだろうなぁ～」

「その話はもう止めましょ!?」

えっちなことに興味がないわけではない。興味ない男が恋人の温泉シーンを想像するわけがない。

だからと言っても、時と場合によるけれど。

少なくとも昼間からそういうところを提案するほど欲求不満ではない。

「それじゃあ、とりあえずバス停までレッツゴー」

「お、おー」

……もちろん、先輩に欲求をぶつけたいと思うときは度々あるけれど、そこはちゃんと段階を踏んでからだ。

少なくとも、先輩の両親に認められるまでは抑えなければ……。

そんな、欲求と決意を抱きながら俺は先輩と現地のバスに乗り込むのだった。

「こうして見ると、やっぱり私たちみたいな人いないね」

「ですね。やっぱり観光時期じゃないから、客足も少ないんですかね」

バスの乗客は、俺たちよりもひと回りふた回り年上の女性ばかり。ポツポツと男性もいるけれど、やはり俺たちとは年が離れている。

当然、目立つこと確定である。

「じゃあバスの中でもイチャイチャできるね」

「一応言っておきますけど、普通に運転手から見えますからね？」

周りをまったく見ていないのか、それとも見えていて気にしていないのか。紅葉先輩はいつものようにグイッと俺の腕を自身の体に引き寄せる。ふにゅりとした柔らかさが服越しに伝わってくる。

後部座席だというのに、注目されている気がしてならない。

知り合いがいないのは幸いなことだけれども、ヒソヒソ話の対象になるのはやっぱりいい気はしない。

それに、先輩とのイチャイチャは誰かに見せるための行為じゃないから。

「見せつけちゃえばいいんじゃない？」

先輩はちょっと違うみたいだけど。

「どこに行くのか分かりませんけど、絶対途中で降ろされますって」

「そのときはそのときで、孝志くんとのんびり散歩するから大丈夫」

「まったく大丈夫じゃないんですがそれは」

「じゃあ私と散歩するのは嫌？」

「その聞き方は、ズルイですって……」

「ごめんね、分かってて聞いちゃった」

あぁ、そうか。何も違わなくないや。

先輩の目的がそもそも違うんだ。

いつも何度もされているのに、どうしてちょっとしたことで忘れてしまうんだろう。

「先輩となら、バスでも徒歩でもどっちでもいいです」

「孝志くんらしいね」

「堪らなく先輩が好きなだけですよ」

「ふふっ、私も孝志くん大好き。今バスの中じゃなかったらいっぱいキスしたいくらいに」

いつも先輩に誘導されるように、好きの確認をしているじゃないか。

相手に、そして自分に言い聞かせるように何度も何度も問う。そして、その度に好きが強くなる。

限界なく、好きが増していく。増して増して、今までの大きさに耐えきれなくなった好きが口からこぼれ落ちる。

「俺は、キスどころじゃないですけど」

「ん～？　じゃあどこまでしちゃうの～？」

「それは、秘密です」

「ふぅん？」

妖艶。より一層笑みを深くして、ドキドキを加速させる魔の表情。何度狂わされただろう。何度心を揺さぶられただろう。

大きな問題を抱えていなければ、きっと今日もめちゃくちゃにされていたに違いない。

それほどまでに、美しい艶やかさに満ちている。

「じゃあ、キス以上のことは旅館に着いてからだね」

「……はい」

「否定、しないんだ」

「否定させてくれるんですか？」

「ふふっ、どうだろうね」

間も無くして、到着する。複合興業施設、伊豆すくえあー公園に。

俺は平然を保っている。ギリギリの状態で保っている。

いつこの均衡が崩れるかわからない状態で、なんとか保っている。

キスしたい。深いキスをしたい。

酔わせたい。酔わされたい。

メチャクチャにしたい。メチャクチャにされたい。

欲望が頭の中で巡る。巡って巡って、巡り続けて鼓動を速める。

きっと先輩に伝わっているのだろう。繋いだ手越しに感じ取っているのだろう。

紅葉先輩なら感じ取れてしまっても不思議じゃない。それほどまでに何度も先輩に振り回されてきたから。気持ちよく振り回されてきたから。

ドキドキしていても、一切の不安はない。不安になる要素なんてない。

だって、相手は紅葉先輩だから。

俺は先輩になら、何をされてもいいと本気で思っている。

だから、先輩？　本当に困ったときは俺に頼ってくださいね？

先輩の少し震える手を握りながら、俺は静かに決意するのだった。

「恋人神社だって！　すごいね!!」

「見事に鳥居が真っピンクで名前の通りって感じがします」

「まさにラブパワースポットだね。孝志くんと私にピッタリ」

「恋愛成就のパワースポットに興味があるとは少し意外でした」

「そう？　私だって神様にお願いくらいするわよ」

　完璧超人にも思える紅葉先輩が神頼みするとは思わなかった。先輩のことだから、結果は努力で掴み取るものと言い切ってしまうと考えていたから。

　劇的ではなく、着実に。一発逆転ではなく、一つずつ全身全霊で。それが俺から見える、大谷紅葉という大学生の姿だから。

　だけど、常に気を張り巡らせているかといえばそうじゃないのは身を以て知っている。

　何度も甘えられて、甘えて、身も心もトロトロにされている俺だからこそ、よく知っている。

　だからこそ、意外に思ったのも少しだけ。

「あぁ、それと孝志くん？」

「はい、なんでしょう」

「一つだけ間違ってるわよ」

「間違ってる……ですか……」

「看板見てみて？」

「はぁ……」

俺は言われるがまま、先輩の指さす方に目を向ける。デカデカと『恋人神社について』と書かれた看板に。

そこには、恋人神社が出来たきっかけや、創立に関する想いが書かれていた。

先輩が俺に指摘（してき）したい一文も、当然そこにはある。

『二人の夢見るような幸せがいつまでも続きますように……と祈願（きがん）するＬＯＶＥパワースポット・恋人神社』

よくある恋愛に強い神社のものとは少し文言が違う。

「いつまでも続くように……」

ついつい口にしてしまうほどに、その違いは明らかだった。

「どういうことか分かったかしら？」

頷（うなず）いた。熱くなっていく顔を先輩に見せないように、ゆっくりと深く頷いた。

『新たな恋が芽生えますように』

『素敵な出会いが訪れますように』

『恋人との仲が深まりますように』

などなど、気持ちの切り替えや想いを後押しするようなものが恋愛のパワースポットに多いと思っていた俺は、幸せの継続という考えを知るとは想像もしていなかった。

幸せの継続。自覚してしまえばもう止まらない。

自分が幸せであることに目を逸らすことなんて出来ない。真正面から自覚してしまえば、幸せを失ったときに辛い思いをしてしまうと確信していたから。

だけど、もうそんなこと関係ない。そもそも今の俺には紅葉先輩がいない生活なんてありえないのだから。

夢見るような幸せ？　ああそうさ。今の俺は先輩とするあれやこれやを毎日夢に見てしまう幸せ浸り状態だ。

一緒に旅行。移動中の電車の中で駅弁をあ〜ん。

今日したことだって、夢に見ていたものの一つだ。トラブルはあったけれど、幸せがずっとずっと続いている。

そんな継続して与えられている幸せに、俺はついつい顔がにやけてしまう。

当然、俺が幸せの自覚真っ最中なんてことはすぐに先輩にバレてしまう。

「孝志くんってば、本当に分かりやすいね」

「……そういう紅葉先輩だって、心臓バクバクさせてるの手のひら越しに伝わってますよ」

「私は隠すつもりないもの」

「……っ！」

前屈みで顔を合わせてくる紅葉先輩。自然と目がいく、薄紅色の唇。艶やかに、誘っているように色っぽい。

バクンと心臓が高鳴る。

キスをしたいと訴えかけてくる。

先輩の件が片付くまではしないと決めたのに、衝動が抑えられない。

「あの、先輩……」

「ん？　どうしたの、孝志くん」

「き……」

「き？」

踏みとどまる。まだ駄目だ。先輩の事情を考えないと。

頭では分かっている。今じゃないことは。

だけど、体がもうダメだった。心がもうダメだった。

「キスが、したいです」

心の底から先輩を求めてしまって、もう止まることが出来なかった。

手は繋いだまま。このままグイッと引けば、先輩は俺の胸へと吸い寄せられてくる。

あとは力を入れるだけ。それなのに――。

「それは、本当に孝志くんがしたいこと？」

先輩の真剣な表情の前では、心の叫びも静かになってしまう。

静かになって、大人しくなって、やがて何も言わなくなる。

そうなってしまえば、もう答えは決まっている。

「……すいません、場の勢いに呑み込まれてしまいました」

「周り、ピンクだものね。孝志くんの意外な一面が見られて得しちゃったかな？」

「俺もパワースポットに興味のある先輩を知れたので得出来ちゃいました」

「じゃあ、どっちも幸せだね！」

いつも俺は先輩に助けられてばかりだ。

先輩の中で得をしたのは事実なのだろう。にっこりと笑う様子でそれは伝わる。

俺もまだまだ知らない先輩の一面を知れて、得をした。これも事実。

だけども、先輩の機転でこの場の雰囲気が壊れなかったのも事実。

感謝してもしきれない。そしてますます先輩のことを好きになってしまう。

先輩ともっと幸せなときを過ごしたい。そんな想いを胸に、恋人神社を後にする。


「ちょっと食べすぎちゃったかも。眠くなっちゃった」

「俺もです。いくらネギトロ丼とはいえ、大盛りは欲張り過ぎました」

「ね〜。最後、食べきるの大変そうだったのちゃ〜んと見てたよ〜?」

「そういう先輩だって、食べるのちょっと辛そうだったじゃないですか」

「だから、ちょっとお昼寝しましょ?」

「へ?」

遅めの昼食。時刻は十四時。すくえあー公園内のレストランで食事を済ませた先輩と俺。

目の前には空の器。お腹の中には特製ネギトロ丼と海苔の味噌汁。

温泉卵と特製のタレが特徴的な大盛りのネギトロ丼は美味しさで空腹感を消すどころか、満腹ギリギリになってしまうまでの量があった。下のご飯が、白米ではなく麦飯だったのも大きいのかもしれない。

安全に普通盛りを頼んでいた紅葉先輩も少し苦しそうなのが見てとれる。

だからこそ、先輩からの魅力的なお誘いにはかなり驚いた。

伊豆は観光地だ。すくえあー公園だって、その観光の名所。そんな場所でお昼寝するなんてどんなに贅沢だろう、と。

「孝志くんは、眠くない？」

うっとりとした表情の恋人。

先輩、その表情はずるいです。そもそも断る気がなかったのに、そんなかわいい顔をされてしまったらまたわがままな俺が出てしまうじゃないですか。

「さっきキスしてあげられなかったお詫びに膝枕してあげるよ？」

「寝たいです。先輩の膝でぐっすり寝たいです」

本当にずるい。断れるはずが、拒めるはずがない。

お詫びなんて関係ない。先輩からどんなことをされても喜んでしまう俺なのだから。

頭に思い浮かべるのは柔らかさ。頭や耳で感じる極上の柔らかさ。先輩の太ももに包まれる極上の柔らかさ。

きっと本物は想像している以上なのだろう。そんな性欲丸出しの思考をしながら、先輩に誘導されるままお昼寝スポットへと向かう。

「はい、ゴロンしておいで？」

日差しが眩しい。丘の上で芝生に座る恋人の姿も眩しい。

そして何より、そんな彼女の膝を今から独占できるというのだから、たまらない。

「で、では失礼します」

「は〜い」

「……っ！」

柔らかな膝――太ももに頭を預けるや否や、ふわりと優しい柔らかさに包まれる。

細い指先が、ゆっくりと俺のことを撫でてくる。

落ち着いていいんだよ？　私に思いっきり甘えていいんだよ？

確かに訴えかけてくる。ズンズンと落ち着いていく。落ち着いていくからこそ、一層に先輩の柔らかさが際立ってしまう。

落ち着きたいのに、柔らかさに覚醒してしまう自分がいる。

極めつけには覆い囲う甘い香り。爽やかだけど、それだけじゃない不思議な香り。

「あの、近くないですか？」

「ん〜？　近いのは嫌？」

「そういうわけじゃないですけど」

「じゃあ、もっと近づいちゃう」

「だ、ダメですっ！　今は、その……色々ダメですっっ！」

「どうしてダメなのか、教えてくれないともっと近づいちゃうよ？」

あぁ。先輩が悪い顔をしている。絶好のオモチャを見つけた子供のような無邪気な顔をしている。

つまりは、これから揶揄われるのだろう。

それはいい。先輩に揶揄われるのは嫌いじゃないから。

だけど、それはいつもの先輩に限った話。今の先輩――爽やかだけど、どこかまったりとしたクセになってしまう匂いを醸し出す先輩に、揶揄われるのはとても危険な気がした。

ものすごく、危ない方向に意識が飛んでしまいそうで不安になってしまう。

それでも先輩は近づくのをやめない。やめてくれるわけがない。

揶揄い始めた先輩はそう簡単には止まらない。

少なくとも俺が白状するまでは――。

「香水ですよ……」

「香水が、どうかしたの？」

「いつもとは、違う匂いで……感覚がズレると言いますか……」

「せっかくの旅行だからとっておきの香水使ってみたんだけど、嫌だった？」

顔を近づけるのをやめて、ほんの少しだけ悲しそうな表情をする先輩の問いかけに、俺は静かに首を振る。

「違います。いつもと違う先輩の匂いだから、抑えが利かなくなりそうで怖いんですって」

「も〜、孝志くんらしいなぁ〜」

新しい香水の匂いを俺が嫌がっているわけではないと分かった先輩は、また優しく頭を撫で始める。

嫌なわけがない。むしろ先輩の新たな一面を知れてとてもうれしいんだ。

嬉しくて嬉しくて、でもどこか非日常的なこの状況に、俺は過剰に反応してしまっているくらいに。

そんなギリギリの心情を知らない紅葉先輩は、にっこりと嬉しそうに微笑む。

「でもそっか。香水違うの気づいてくれたんだ」

「そりゃ気付きますよ。どれだけ先輩といると思ってるんですか」

「ふふっ、ありがと」

柔らかい笑顔。柔らかい太ももを頭で感じながら、目の前にも柔らかさ。そんな二つの柔らかさに、俺は胸を痛めずにはいられなかった。

ごめんなさい先輩。本当はついさっきまで香水を変えていたなんて気づかなかったんです。ついさっき頭を撫でられて、緊張感がほぐれてやっと気づけたんです。

強がっているけれど、俺は彼氏としてまだまだなんだなと実感してしまう。

「膝枕、気持ちいいです」

それはそれとして、先輩を思う存分堪能したい、欲望に忠実な自分がいるのもまた事実なんだと、思い知る。

「膝枕だけでいいの？」

「え……？」

「孝志くんのしたいこと、してもいいよ？」

先輩の揶揄い癖を甘く見ていたこと以外は——。

「あの、先輩これは……？」

「私のお胸で孝志くんの目を癒してあげてるの」

「それは、まぁ……分かりますけど……。どういうことしてるか、わかってますか？」

ろう。

「分かってるよ～。分かってるから、孝志くんにしてあげてるの～」

先輩が今どんな表情をしているかは分からないけれど、きっとニタリと笑っているのだろう。

最高潮に揶揄っているときの声をしているからよくわかる。

目の前が真っ暗で先輩の表情を窺えないのが本当に残念でならない。

――いや、状況的にはとっても嬉しいものではあるのだけれど。

だってそうだろう？　先輩の豊満な胸が俺の目を覆っているのだ。今の俺は、顔を二つの柔らかさでサンドされている、とても幸福な状態なのだから。

「おっぱいアイマスクっていうの、好きなんでしょ？　こっそり隠し持ってたえっちな本に、あったもんね」

「……もしかして、結構他のも覚えてます？」

「さぁ～？　どうだろうね～？」

実際にしていることを恋人の口から説明されると恥ずかしいものがある。

いや、そもそも恋人に隠し持っていたエロ本の内容を覚えられているのも結構恥ずかしいのだけれども、どうしてだろうか。俺という人物は、自分を少しでも知ってもらっていると考えるだけで幸せいっぱいになってしまう。

恥ずかしさと幸福で、顔が熱くなってしまう。

もちろん、多少の羞恥心を感じさせる程度のことで止まる先輩じゃない。

むしろ先輩の揶揄い癖はここからが本番だ。

ふにゅん……。

目を覆う柔らかい先輩の胸が微かに動く。

ふにゅ、ふにゅ……。

一度だけじゃない。何度も何度も揺れ動いては、目に刺激を与えてくる。

同時に、少し荒い先輩の息遣い。

「それよりも、感想が聞きたいなぁ～。これでも、結構恥ずかしいんだからね？」

薄々分かってはいたけど、どうやらワザとのようだ。

恥ずかしい。そう言いながら、おっぱいアイマスクをしてくれるだけじゃなく、胸を揺らすことまでしてくれている。

感想は色々あるけれど、今最も適している言葉はこれしかないだろう。

「感想も何も最高に決まってるじゃないですか」

先輩には、どんなに綺麗事を並べたってすぐにバレてしまう。どんなに真面目に答えようとしても、先輩は見破ってしまう。

見破られてさらに揶揄われるのが目に見えて分かっている。

先輩に揶揄われるのは嫌ではないけれど、この状況が長く続くのは色々とキツい。

だから、直球に素直な気持ちを伝えることにした。

「俺も、先輩に癒してもらえて嬉しいです」

「ふふ。それならよかった。お耳が真っ赤な孝志くんもみれて、私も嬉しい」

「本当に～？」

「本当ですよ」

「とか言って、実のところおっぱいアイマスクされて喜んでるんでしょ～？」

「わぷっ――――！」

言葉にしたところで、先輩にはきっと全てお見通しなのだろう。分かっていて俺に感想を求めたのだろう。

先輩らしい。先輩らしくて、もっと好きになってしまう。

それはそれとして――――限界ギリギリのこの場面で先輩の胸からの圧が増したのはちょっとマズい。

鼻をくすぐる、先輩の新しい香水。爽やかな柑橘系とまったりとした甘さが混じった香りがより鮮明に感じられる。

それがとても、誇張表現なくマズかった。

端的に言ってしまえば、ドキドキを加速させる媚香に他ならないのだから。

「どうなの、ねぇどうなの孝志くん〜」

俺の状況のことなんてつゆ知らず、先輩はマイペースに胸を揺らす。

上に下に。右に左に。連動する太ももと合わせて、俺の顔は至極の柔らかさに蹂躙されていく。

「そ、そりゃもちろん、先輩のおっぱいアイマスクだって最高ですよっ」

「ほらやっぱり〜。孝志くんってば、本当にえっちなんだから」

「でもそれは、紅葉先輩だからです！」

「ふぅ〜ん？」

「紅葉先輩にされるおっぱいアイマスクだからいいんです！　先輩以外からされても、最高だなんて思いません！」

止まらない鼓動。漏れ出す本音。

誰でもない先輩だからこそ、こんなに興奮してるんだと白状する。

とっくにバレているだろう想い。何度も、何度も何度も口にした想いを改めて口にする。

先輩が好きだからこそ、先輩からいろんなことをされたいんだと。

それだというのに、先輩は本当に、本当にマイペースだ。

「ふ、ふふっ」

「何がおかしいんですか。俺は真面目に――――」

「ごめんね。ちょっと鼻息が当たって胸がくすぐったくて」

「あ、すみませんっ」

「ううん、いいの。ちょっと見当違い（けんとうちが）な質問しちゃったなぁ～って反省してるだけ」

「見当違い……？」

「そ。孝志くんはやっぱり私のことが大好きなんだなぁ～って改めて感じちゃった」

「～～～っっっっ⁉」

突然（とつぜん）笑い出したかと思えば、俺の口にした言葉を、吐（は）き出した想いを端的にまとめてしまう始末。

しかもそれが、その通りすぎて何も反論なんて出来やしない。

そうさ。俺は紅葉先輩のことが大好きさ。先輩の口から俺の気持ちが飛び出たことに恥（は）ずかしさを覚えたけれど、この想いはむしろ堂々と口にできる。

俺は、先輩のことが大好きだ。

「あはっ、予想通りの反応ありがとう」

「急に揶揄うのは勘弁してくださいって！」

「だって孝志くんの反応が可愛くて～」

「反応させてるのは誰ですか！」

「えへっ」

本当に。本当に、おっぱいアイマスク越しでもわかる眩しい笑顔が大好きでたまらない。

「まったく、こんなことしてたら本当に眠くなってきたじゃないですか」

「いつでも寝ていいからね。それとも子守唄した方がいい？」

「歌わなくていいです！」

「ふふっ、分かってて聞いた」

自分の気持ちを改めて整理した頃には、香水に過剰反応していた気持ちは落ち着いていた。

その反動なのか、急激な眠気が襲ってきた。

一通り揶揄い終わったからなのか、先輩は胸を俺の顔から離すとそのまま顔を覗き込んでくる。

頭で想像する紅葉先輩も可愛かったけれど、本物にはとてもじゃないが敵わない。

読めない行動。コロコロ変わる表情。愛らしい仕草。どれをとっても、紅葉先輩本人が一番可愛くてドキドキするのだから。

「じゃあせめて、頭なでなでさせて？」

「まぁ、それなら……」

「なでなでされて嬉しいのがバレバレ」

「そりゃ……先輩からのなでなでですから……」

「私のこと、好き？」

「もちろん好きですよ」

「私も好き。ずっとずっと、好きよ」

眠気が襲ってくる中でも、いつもの儀式(ぎしき)を行う。

好きだと。何度も何度も好きだと確認をする。俺は先輩がいないとダメだし、先輩に見合う俺でいたい。そのためにも、今を必死に掴んでいたい。

　それを強く確認するための儀式だ。

落ちる。一安心して、襲ってきた眠気に身を任せる。

柔(やわ)らかい。さっきまでの直接的な柔らかさじゃなく、ふんわりとした気持ちに包まれていつになく幸せな気持ちになる。

「だから、いつまでも孝志くんに甘えてちゃ、ダメだよね……」

眠気に落ちる瞬間、瞳に映るいつになく真剣な先輩の表情に、やるせない気持ちがズキズキと胸のうちに響いた以外は、とてもとても幸せな気持ちを味わっていく――。

目を覚ました瞬間にも、幸せな時間を味わえるなんて考えもしなかったけれど。

◇閑話◇

「ちょっと、やりすぎちゃったかな……」

私は幸せそうな寝顔の孝志くんの頭を撫でながら、猛省する。

揶揄いすぎたことに、じゃない。孝志くんに色々と気を使わせてしまっているこの状況そのものに、だ。

優しい孝志くんはきっと分かっている。分かっていても、お父さんの話をしない。

それだけじゃない。この旅行中、我慢させてばかりなのだろう。恋人神社でのキス未遂がその証拠。

疲れ切って寝てしまっている孝志くんの裏側には溜まってしまっているものがあるに違いない。それでも、さっきまでの私は彼の想いに応えることができなかった。

伊豆旅行を楽しむつもりだったのに、全然集中できていなかった。それは誰でもない自分のせい。

　孝志くんが楽しんでいる姿を見せてくれるたびに、いまだに特に反応を見せないお父さんの顔がチラつく。

　きっと怒っているのだろう。お母さんの宥めを振り切って、何かしらの行動を起こそうとしているのだろう。そんなことを考えれば考えるほどに、怖くて怖くて彼とのイチャイチャを深く受け入れることも怖くなってしまった。

「孝志くんには、いつも敵わないよ……」

　孝志くんが勇気を出してキスをしたいと言ってきたのに。受け入れるのを一度断ってしまったのに。

　彼は、嫌な顔一つせず私を受け入れてくれた。

　ズキリと胸が痛んだ。痛くて痛くて、だけど痛みを超えるくらいに好きが増幅してしまう。

　好きが抑えられない。もっとイチャイチャしたい。お父さんのことなんてどうでも良くなってしまうくらいに、本気で孝志くんにのめり込んでいく。

　逃げ場としてじゃない。孝志くんとの思い出作りのために伊豆にきたんだ。

　そう考えたら、不思議と気持ちがすっきりした。

すっきりして、無性に孝志くんを愛したくてたまらなくなっていく。

「孝志くん、満足してくれたかなぁ」

胸に残る温もり。愛が溢れて、ついつい過激になってしまった膝枕。そして、孝志くんのえっちな本で見たおっぱいアイマスク。

伊豆旅行に来て、初めての本気のイチャイチャ。それはとても幸福だった反面、一日我慢させてしまっていた孝志くんへの気持ちが昂ってしまった。

後悔はしていない。するはずがない。孝志くんとのイチャイチャで後悔するのは、やりすぎてしまったことだけ。イチャイチャしたことへの後悔は一度もしたことはない。

「う、うぅん……紅葉、先輩……」

「ふふ、寝言でも私のこと呼んでくれるの？　嬉しいなぁ」

キュンキュンしてしまう。

頭を撫でる以外のこともしてあげたくなってしまう。キスもしてあげたい。

だけど、今じゃない。イチャイチャするのは孝志くんとしっかり目を合わせてしたいもの。

だから今は、寝顔を堪能するだけ。大好きな彼の、無防備な寝顔をしっかりと……。

「ちょっとくらいなら……イイよね……？」

すぅすぅ……。

可愛い寝息を立てる恋人に、一度引いたはずの悪戯心が湧いてきてしまう。

イチャイチャするのは孝志くんが起きてる間に、と心の中で考えていたばかりなのに。

止まらない。ムズムズが止まらない。

何かしないと、どうにかなってしまいそうだ……。

そう考えたら、もう手が止まらなかった。

カシャ――――ッ。カシャカシャ――――ッ。

「ほんと、孝志くんってば可愛いんだから」

保存されていく。孝志くんの可愛い姿が私のスマホに保存されていく。

だけど、それだけじゃ満足しない。満足できなかった。ただスマホに保存するだけじゃ、収まらない。

だから私は――――。

「ふふ、ふふふ……。やっちゃった……」

孝志くんの寝顔をスマホの待ち受けにしてしまった。

「はぁ～、すっきりしたら私も眠くなってきちゃった」

時刻はまだまだ昼間。多少寝ても予約した旅館のチェックインまでは余裕があるだろう。

そっと目を閉じる。手を孝志くんの頭に乗せて、寝落ちする最後の最後まで恋人の温もりを味わおうと睡魔に抗う。

それでも、眠気に敵うことはなく、瞬く間に真っ暗な世界へと誘われてしまった。

……。

……。

……。

どれくらい寝ただろうか。十分？　それとも三十分？　長くもなく短くもない時間が流れた気がする。

それくらいの浅い眠りにふわふわと揺られていた。

ふと目を開けたときには、軽い眠気なんて吹き飛んでしまったけれど。

「……孝志くん、何してるの？」

「えっと、寝顔を眺めてました」

好きな人と目が合う。目を開けた瞬間に好きな人がいる。それだけで、眠気が邪魔にしか思えなくなってしまった。

ついさっきまで孝志くんのおでこに乗せていた手は、彼の手とお腹の上でぎゅっと繋がっていた。

寝ていた私がしたのか、目を覚ました孝志くんがしたのかは定かではない。

けれど、とても幸福感に満ちている。

満ちて、満ちて、つい揶揄いたくなってしまう。

「もしかして、ずっと起きてた？」

「いえ、ついさっき起きたところですよ」

「起こしてくれてもよかったのに」

「できませんよ、そんなこと。先輩が気持ちよさそうに寝てるのを邪魔するなんて」

「とか言いながら、実はさっきのこと思い出してただけだったりして」

「そ、そんなことないですよ？」

「目が泳いでるよ、孝志くん」

かっこよく私を見つめていた孝志くんの表情があっという間に可愛らしいものに。

かっこいい孝志くんはもちろん胸がキュンキュンするほど好きだけど、やっぱり私はちょっぴりエッチで正直な孝志くんが一番好き。

彼はどうだろう。どんな私が好きなのだろうか。

内面を見せないようにキッチリガードしている私？

孝志くんにだけ見せるデレデレの私？

それとも、お酒や甘い雰囲気に身を任せてちょっぴり積極的な私？

ああ、気になる。気になってしまう。

少なくとも父親から逃げている私ではないだろう。孝志くんは優しいから、私に付き合ってくれてるだけ。

「そろそろ、旅館向かいましょうか」

情けない。自分が本当に情けない。

だから、ちゃんと向き合おう。きちんと気持ちの整理をつけて、お父さんと向き合おう。

でもその前に——。

「孝志くんお待ちかねの、温泉が待ってるよ」

「んなっ⁉」

わがままな私に付き合ってくれたちょっぴりえっちな恋人にご褒美をあげないとだよね。

第三章　湯上がり、待ち合わせ、その果てに

「なんというか、ものすごい旅館ですね」

「観光にしては中途半端な時期だから予約は取れるだろうって思ってたけど……。そりゃ、土日使ってでも泊まりたくなるわよね……」

「しかもこんな広々とした旅館なのに、お客さんが俺たち二人っていうのもまた……」

「平日だからかもね～」

すくえあー公園からの直通バスで伊豆高原駅に戻ってきた俺たちは、キャリーバッグを預けた施設から回収して先輩が予約した旅館へとやってきた。

そう、先輩が予約していた学生が泊まるにはちょっと豪華そうな旅館へと。

俺はといえば、客室に案内されるなり旅館のレベルの高さに唖然としてしまっていた。先輩から聞いていた料金の安さとは釣り合わないくらいのレベルの高さに、驚かずにはいられない。

特に驚いたのは客室の広さ。二人だけでは場所を持て余してしまうのは確実だ。畳は

……十四、十五、十六……。さらにはドラマの旅館シーンでよくみる広縁まであるときた。

さらには室内風呂が檜風呂となればもうわけがわからない。

露天大浴場があるのにもかかわらず、だ。

「では、ごゆっくりお寛ぎください」

「はい。ありがとうございます」

紅葉先輩はものすごく落ち着いている。それに、仲居さんに丁寧な対応をしている。

きっと高そうな旅館に何度も来ているんだろうな。紅葉先輩ならそうであってもおかしくない。それほどまでに立ち振る舞いが可憐で美しかった。

旅館どころか旅行もそう何度も経験していなくて、ガッチガチの俺とは正反対。

そう。先輩の立ち振る舞いにはいつも心が動かされてしまう。それは良くも悪くも……。

「せっかくの温泉旅館な訳だし、混浴とかしてみちゃう？　私たちだけだから誰にも迷惑かからないよ？」

「こんよ――――っ!?」

思わず赤面。反して、満面の笑みの紅葉先輩。

想像してなかったわけじゃない。むしろ願っていたことですらある。

大学内ですれ違う人ほとんどの視線を集めてしまう美貌の無防備な姿を、自分だけが堪能できる。

そんな男の妄想をしないわけがないじゃないか。

とは言っても、実際にそれを口に出されてしまうと途端に気が引けてしまう。

果たしてそんな特級のご褒美を俺が貰ってしまっていいのだろうか、と。

果たして混浴だけで俺の気が済むのだろうか、と。

湧き上がる。邪な自分が湧き上がる。

押し倒したい。押し倒して、先輩を堪能したい。

ふふっ、と呑気に笑みを浮かべながら荷物整理をしている先輩に俺が男だということを思い知らせたい。

思い知らせて思い知らせて、そして――。

コンコン。

――ッッッ！

突然のふすまからのノックに、思考がかき消される。

「は～い」

動けない俺の代わりに先輩がふすまに向かう。

「お疲れのところ失礼いたします。お風呂とお食事、どちらから先にご利用になられますか？　もしお食事を先にご利用でしたら今すぐに準備いたしますが……」

　ノックの正体は、旅館の仲居さんだった。正直、感謝しかない。

　あのまま考えてしまっていたら、頭の中で収まるものじゃなかった。

「孝志くんはどうする？」

「あ、あぁ……。先輩の好きな方でいい、ですよっ」

「歯切れ悪いけど大丈夫？　疲れちゃった？」

「そういうのじゃないので、先輩は気にしないでください」

「孝志くんがそういうなら、信じるけど……何かあったら、ちゃんと言ってね？」

「はい……」

　目を合わせられない。先輩の気づかぬところで、先輩のあられもない姿を想像した挙句に、大好きな先輩を悲しませることを考えてしまっていた。

　好きなのに。好きで、大好きで、愛しているのに。どうして、変なことを考えてしまったのだろう。

　自分が自分で嫌になってしまう。

「では、お風呂からで」

「はい。かしこまりました。ではまた後程、お上がりになった頃にお伺いします」

ふすまが再び閉まる。

「お風呂楽しみだね～」

そう言うと、先輩は今にもぴょんぴょんと飛び跳ねそうなほどに喜んでいた。

そうだ。楽しまないと。楽しんでいれば、さっきみたいな、変な想像をすることもない。

切り替えよう。

「えっと、それじゃあそろそろお風呂行きますか。温泉旅館なんですよね、ここ」

「あ、混浴する気になった？」

「混浴はしませんけどっ！」

……どうやら、先輩的には俺を逃したくないみたいだ。

今日の状態で混浴なんてしようものなら、間違いなく一線を越えてしまう。

一線を越えたくないわけじゃない。俺だって男だ、そういう経験を求めてしまう。

けれど、それは無責任な状態で行っていいものだと一度も思ったことはない。

覚悟もできず、恋人の父親にすら認められていないのに、一線を越えようとするのは間違っている。

先輩への想いが昂り続けている今の状態で混浴しようものなら、間違いなく我慢なんてできない。

だから、今じゃない。混浴は、また今度の機会にだ。

またいつか、邪な気持ちがないときに……。

そう覚悟の念を固めようとしたそのときだった――。

「とか言って、部屋入ったときからじ～っと私のこと見てたの知ってるんだからねぇ～？」

「……っ!!」

気づかれていないと思っていた。

ずっとずっと、心のうちに秘めていようと思っていた邪悪な出来心。

先輩への欲望を込めた邪な視線。

「孝志くんが興味あるのは、ここかな？　それとも、こっち？」

ぴら。ぴらぴら。

誘うようにして、髪をかき上げてうなじを見せたり、裾を捲ってお腹を見せたり、足を崩して太ももを見せてきたりしてくる紅葉先輩。

魅惑的な先輩の体に、視線が吸い寄せられていく。邪な想いも当然のように復活してしまう。

うなじにキスをしたい。お腹を撫でたい。また太ももの上で眠りたい。そして、それ以上のことも……。

「混浴しなくて、我慢できるの？　私はいつでも、準備できてるよ？」

「先輩――っっっ!!」

「あは……っ！」

決壊する。理性が決壊する。

決壊して、我慢できずに、先輩を畳に押し倒す。

覚悟なんてできてない。幸太郎さんに認められてもいない。それでも、恋人からの『準備できてる』の言葉で全てが壊れてしまった。

「先輩、先輩先輩……っ！　紅葉、先輩……っっっ！」

名前を呼ぶ。ただただ感情に任せて目の前にいる恋人の名前を呼ぶ。

「そんなに呼ばなくても私は逃げないよ、孝志くん」

「呼びたいから呼んでるんですっ。先輩を感じたいから、呼んでるんですっ。それじゃあダメですか？」

「ダメじゃないわ。でも、孝志くんがたくさん私のこと呼ぶの珍しいからつい――んぁ……っ」

首筋を人差し指で軽く撫でてみせると、かわいい声を聞かせてくれる先輩。

ゾクゾクしてしまう。いつも揶揄われてばかりで、ペースを握られてばかりの俺が先輩の言葉を塞ぐどころか、かわいい一面を覗けてしまった。

「先輩、とってもかわいいです。もっと、もっと聞かせてください」

今度はどこを撫でよう。先輩のどんなかわいい声を聞こう。そんな自分任せの感情を剥き出しにして、先輩に問いかける。

「お腹、やっぱり綺麗ですね……」

幸太郎さんが襲来したとき、紅葉先輩の悪戯によって味わうことになったお腹の魅力。あのときは服越しにしか柔らかさを感じられなかったけれど、今は肌の美しさまで堪能できてしまう。

むっちりとした肌なのに、キュッと引き締まった先輩のお腹。

そんな魅力的な彼女の体を、また人差し指で撫でてみる。

「んぅ……っ。ふ、んぁ……」

きっと今の俺はとてつもなくにやついているのだろう。それほどまでに愉悦に満ちていた。

かわいい声。今まで俺のことをかわいいかわいいと揶揄っていた声のかわいさに、悶絶せずにはいられない。

それでもまだ満足には届かない。男としての満足には程遠い。自然と視線が太ももに向かう。

「じゃあ、次は――」

もっと、先輩を味わいたい。そう思っていると、弱々しくもしっかりと手首を掴まれる。

「孝志、くん……ちょ、っと……落ち着いて、ね……？」

まさか、ここにきて止められるとは思いもしなかったから。

涙目の恋人。押し倒されて乱れた服装を少しずつ直しながら、必死に俺からの感情を受け止めている。

――何をしているんだ、俺は。

覚悟を決めたのに。きちんと、誠実な形で先輩と付き合おうと決めたばかりなのに。

なんで俺は先輩を泣かせてしまっているんだ。

これじゃあ、せっかくの旅行が台無しじゃないか。

悔いた。全力で。これ以上ないほどに、悔いた。

先輩を押し倒してしまったこと。感情任せに先輩へ欲望をぶつけてしまったこと。そして何より大好きな先輩を泣かせてしまったこと。

何もかもが、悔いずにはいられないことばかり。

それなのに。それなのにどうして――。

「先輩っっ、ごめんなさ――ッッッ」

「だいじょーぶ……だいじょーぶだよ、孝志くん。ちょっとからかい過ぎちゃったから、ムキになっちゃったんだよね？　私なら大丈夫だから。あんまり自分を責めないでね？」

どうして先輩はこんなにも優しいのだろうか。

だいじょーぶ。先輩はそう言いながらも、やっぱり体を震わせている。それでも、抱き寄せて頭を撫でてくれる。

大丈夫じゃないのに。怖かったはずなのに。

それでも先輩は、優しい。

「じゃあ、お風呂行こうか。混浴は、また今度ね？」

先輩の優しさに甘えてしまう自分の弱さが嫌いだ。

強くなろう。

自分の感情を律せられるくらい強く。幸太郎さんに顔向けできるくらいに、ずっとずっと強く。

心の中で覚悟の念を抱きながら、先輩と共に客間を後にした。

そして向かうのは露天風呂。もちろん、別々だ。

「やっぱ温泉って、すごいなぁ……」

温泉旅館と聞いていただけに、期待はしていたが予想以上の設備に俺は驚嘆の声をあげずにはいられなかった。

温泉によくある室内風呂や露天風呂はもちろんのこと、室内に四つ、露天に三つの風呂。

ミネラルたっぷりの温泉をはじめ、ジェットバスや冷水風呂、伊豆名物の柑橘類を湯船に浮かべた柑橘風呂のある室内。

十一月相当の外気に晒されながらもポカポカと温まる源泉掛け流しの湯に、薬草をたっぷりと利かせた薬草風呂、泥パック温泉という聞き馴染みのないお風呂まである露天。

様々なお風呂を楽しめる温泉だったと、温泉から上がって整った体を実感しながら服を着ていく俺。

脱衣場を出て、再び脱衣場に戻ってくるまでおよそ四十分。

普段の、体の汚れを落とすためにお風呂に入る時間の倍近くかかっていることになる。

それだけ温泉には長居してしまう魅力がある。

「先輩を待たせる前にエントランスに行かないと」

俺は先輩に謝らないといけない。お風呂から上がり、気がはっきりしてる今ならわかる。

さっきまでの自分がいかに傲慢な考えをしていたか、はっきりと。

何がもっと見たいだ。何が先輩の感じている姿に満足できないだ。

自分は何様なんだと、自問自答する。

俺が先輩と付き合っているのは、自分勝手なことをするためか？　いいや、違う。俺のことを考えに考えて動いてくれる先輩の姿に惹かれて、それをもっと見たいからだ。

先輩が俺のどんなところを好きになったのかはまだ分からないけれど、それでもさっきまでの俺はきっと違う。あんな姿を見せ続けていたら嫌われてしまう。

体を震わせていたのがその証拠だ。

だから、まずは謝ろう。許してもらおうとは思ってない。それでもただただ、先輩のことが好きなのだと再び伝えたい。

そしてできるのなら――まだ先輩と付き合っていたい。

先輩と離れてしまうなんて、とてもじゃないけれど考えられない。

「先輩は、いないか……」

あれこれ考えている間にエントランスに到着。あたりを見回してみるも、先輩はまだエントランスにはいなかった。

「せっかくの温泉だもんな」

普段は早風呂の俺ですら、普段の倍時間が掛かってるんだ。ゆっくりめな紅葉先輩なら、その分長くなってしまっても仕方ないだろう。

特に約束したわけではない。先に部屋に戻っててもいいのかもしれない。

「……せっかくだし、待つか」

それでも俺は待たずにはいられなかった。

もちろん真っ先に謝りたいのもあるけど、先輩を待っている時間が好きだから。

同居する前のデートだって、約束の時間の数十分前に待ち合わせ場所に到着しては先輩のことを考えながら待とうとしたことが何度もある。

その度に、俺よりも先輩が先に到着してて、実際に先輩を待つことはなかったけれど。

だからこそ、先輩がお風呂から上がるのを待つのは、念願叶ったりというわけだ。

とはいえ手持無沙汰で待つのも恰好がつかない。何かこう、いいものがないものか。

「あ、牛乳」

ちょうどいいところに、温泉に入るときには気づかなかった牛乳の自販機が目に入る。

風呂上がりと言えば牛乳だろう。そう考えると自然と自販機に足が伸びる。

そして温泉上がりの牛乳ならではの問題もあった。

「先輩は、どれがいいんだろうか」

風呂上がりの牛乳は大きく分けてスタンダードな牛乳、フルーツ牛乳、コーヒー牛乳の三種類。

今の悩みは、先輩はどんな牛乳が好きか、だ。あらかじめわかっていたら、買って待っていることもできるけれど、残念ながら情報がない。

ではどうするか。行動は一つ。

「ま、先輩が飲まなかったのを飲めばいっか！」

全部買ってしまえばいい。

先輩の好みを知れるし、お風呂上がりの牛乳を体験できる。牛乳に関して特に好き嫌いのない俺にとっては、これ以上ない最適な答えだと思った。

そうと決まれば早速行動に移す。

ガシャン、ガシャン、ガシャン。

俺以外に客が誰もいないエントランスに三度響き渡る、自販機の音。普通のとは違い、ちょっとだけ甲高い音が耳に入るのがまた、温泉旅館らしさを覚えて心地よかった。

肝心の先輩はまだ風呂から上がってこない。流石に立ちっぱなしでいるのも疲れる。

けれど、ここは温泉旅館。待ち時間にちょうどいいのが再び目に入る。

「マッサージチェアして待つか」

チェアの横に牛乳瓶を置いてから、コインを投入していく。

ウィンウィンという機械音とともに、肩や腰に圧迫感。

若干の物足りなさはあるものの、まぁこんなもんだろうという感覚が広がる。

同時に頭に浮かぶのは先輩からの癒し。

昼間の、膝枕。甘い香りに、柔らかな感覚。

抗菌無臭で、無機質的なマッサージチェアと比べるまでもなく先輩の圧勝だ。

それでも時間を潰すにはちょうどいい。少し長く風呂に浸かりのぼせた体を叩き起こすにはちょうどいい刺激だ。

とはいえ、先輩の柔らかさに想いを馳せてしまうのは、いつも通りなのかもしれない。

「……先輩、まだかなぁ」

マッサージチェアが終わるのを待ちながら、俺はそっと目を閉じるのだった。


「おーい、孝志くーん。孝志くんってばー。マッサージ、終わったよ～？」

名前を呼ばれて、ふと気が付く。ふわりと甘い香りが漂っていることに。

昼間に嗅いだ、少しばかり理性を失いかける魅惑的な香りが。

忘れていない。忘れられるわけがない。大好きな人の特別を忘れられるほど、隙のある想いじゃないのだから。

「……いつからいました？」

「今来たばかりよ」

そういって、先輩はニヤリと不敵な笑みを浮かべる。反射的に、俺が寝ている間に何かしていたのではないかと身構えてしまう。

もちろん、先輩に何かされるのが嫌なわけではないけれど、それならばせめて起きてるときに味わいたかったというだけなのだけれども。

だからついつい、聞いてしまう。

「本当ですか……？」

この質問に深い意味はないのに、だ。反射的なものなのだから。

「本当よ。こうしたら、少しは分かるかしら？」

「……熱い、ですね」

「湯上がりだからね」

ぴとりと腕に触れる先輩の手のひら。熱い指先。ほんのりと湿った紅の髪。まだ何もまとっていないややピンクがかった唇。

少し前のめりになって先輩が俺のことを見ているからか、普段よりも強調されているたわわな胸元。浴衣姿特有の鎖骨のラインが、先輩の妖艶さをより際立たせる。

マッサージチェア起動中に脳内に浮かんだ先輩へのアレコレは実際の紅葉先輩を前に薄く消えかかっていく。そして今度は先輩の浴衣姿に夢心地になってしまう。

それほどまでに、先輩と浴衣の相性は抜群だった。

同時に先輩が普段通り接してくれていることに、嬉しさを覚えてしまう。もちろん、俺がしてしまったことはキチンと謝らないといけない。反省もしないといけない。

それでも、やっぱり先輩にまだ微笑んでもらえる可能性があるだけで、嬉しさがこみあげてしまうのだから俺という男は単純だ。

「それで、どうして孝志くんは牛乳を三種類も買ってるのに、飲まずにマッサージチェアを堪能してたのかな？」

本題。俺が謝る隙もなく、先輩から本題を切り出されてしまった。本来は俺からしなければいけないのに。

唯一の救いは、不思議と先輩の表情は穏やかなこと。

けれど、油断は出来ない。先輩が悪い感情を露わにすること自体が珍しいのだから、むしろ険しい表情をしている方が恐ろしくてたまらない。

まだ許してもらえる可能性があるうちに、先輩のそばにいられるうちに、自分なりの誠意を示しておこう。

　先輩の表情に向き合いながら、ぽつりぽつりと口にする。

「えっと、謝ろうってずっと待ってたんです……」

「謝る？　孝志くんが私に？　なんで？」

「だって、無理やり押し倒した挙句に、怖い思いをさせてしまったので……」

「むしろ私的には押し倒されてうれしかったんだけど？」

「え？」

「え？」

　……どうも話がかみ合わない。

　怒っているどころか、紅葉先輩はいつものように接してくるではないか。

　これはいったいどういうことだろうか。軽くパニックである。

「ま、その話はおいおい話すとして」

「先輩……？」

「まったく、こんなに肌がひんやりするまで待ってなくたっていいのに。って、理由はわかるけどね。……私が出てくるまで待っていてくれたんでしょ？」

「そんなんじゃないですよ……」

「じゃあ、どうして牛乳を三つも買ってるの？」

「……っ」

「ふふっ。ごめんね、いじわるして。わざわざ、買ってくれてたのにね」

お見通しだ。先輩には全部、お見通しだ。

辛うじて口にした誤魔化しも、まるで意味はなくきっと彼女に見透かされている。

敵わない。本当に、先輩には敵わないや。

なんというか、もうどうでもよくなってしまった。先輩がまた遠慮なく俺のそばにいる。

それだけで俺には十分だから。

「あ、先輩もマッサージチェア使いますか？　気持ちいいですよ、これ」

「孝志くん気持ちよさそうにしてたものね～」

「その話は勘弁してくださいって」

「あはっ、ごめんね」

いつものように冗談も言ってくる。お風呂前の出来事がなかったかのような、あっけらかんとした先輩に驚きながらも、それでも俺は安心が勝ってしまう。

どうしてそんなに普通にしていられるのか。

どうしてまだ俺のそばにいてくれるのか。

返事が怖くてどっちも聞けず仕舞い。

そんな自分の弱さを自覚していると、紅葉先輩が深くにこりと笑う。

いつもの癖で身構えてしまう。上機嫌なときの紅葉先輩の笑みほど怖いものはない。

けれどそれは決して、恐怖を覚えているわけではない。この後、理性が耐え切ることができるのかが心配で怖いのだ。

「でも、マッサージチェアは大丈夫かなぁ～」

「そんなに温泉でリラックスできたんですか？」

「それもそうだけど、私、孝志くんにマッサージしたくなっちゃった」

「――――へっ⁉」

変な声が出てしまう。裏返った声。素っ頓狂な声。そしてそれ以上に、間抜けな顔をしている気がして堪らない。

間違いなく、先輩が喜ぶような隙だらけの間抜けな表情を。

「期待しててね、孝志くん」

再びニコリと笑いながら、俺の腕を引っ張ってマッサージチェアから立ち上がらせる。

そのまま、客室に連れ戻されたのは言うまでもないだろう。

……ちなみに先輩はコーヒー牛乳派。もっといえば、ノンアルコールのカルーアミルクと思って飲めば、おいしさ倍増らしい。

先輩の考えることを完全に理解するのは、まだまだ俺には早いようだ。


「ふ……んはぁ……っ」

漏れ出る。短くも艶やかな吐息が、俺の背中を先輩の細長い指が押す度に漏れ出る。

さらにいえば、腰に乗っかる先輩のお尻が刺激的。

エントランスで感じた先輩の肌を思い出す。お風呂上がりで肌全体はすべすべしているけれど、先輩の肌が元から持っていたモチモチ感。

すべモチっとした感触が俺の背中に吸いついて止まらない。

今の姿勢がうつ伏せじゃなかったら、間違いなく俺はキスを求めていた。それほどまでに、刺激が官能的だ。

「孝志くんの体、やっぱりガッチリしてるんだね」

「やっぱり？」

「孝志くんの腕を、胸で挟んだときのこと思い出して、ドキドキしちゃう」

「〜〜〜っっ⁉」

「あはは、動揺してるの背中越しでも伝わってきてる」

「今揶揄うのは勘弁してくださいよっ！　また、押し倒しちゃうかもしれないじゃないですか!!」

「ごめんね、でも本当のことだよ？　普段は大人しくて優しくても、ちょっと強引なところもガッチリした手も、ちゃ〜んと孝志くんは男性なんだなぁって、ドキドキしちゃってる」

何気ない先輩の本音。酔いは覚めてる。

けれど、そう簡単に酒気は抜けない。そんな状態の俺には、今の先輩の言葉は強烈極まりない。

「先輩はまた、そういう……っっ！」

「ん〜？」

「そういう先輩は、自分が魅力的な女性だってことを自覚してください……っ！　俺の身が持ちませんって!!」

うつ伏せじゃなかったら、大変なことになっていた。刺激的な吐息。官能的な柔肌。そしていつも以上に可愛すぎる先輩。

本能任せに衝動的になるのはやめよう。そう心に決めた直後だというのに、理性の壁が壊れかける。

　畳に押し付ける一点の熱源。本能の一端。抑えなければいけないのに。また暴走してしまうかもしれないのに、収まらない。

「孝志くんに魅力的に思ってもらえるのは嬉しくてドキドキしちゃうなぁ～」

「俺だけじゃなくて、みんなそう思ってますって」

「私は孝志くんにしか興味ないもの。他の人がどう思ってても、孝志くんが私をどう思ってるかが大事なの」

「俺が、どう思ってるかが、大事……」

「大好きな大好きな彼氏に可愛く見られたいんだよ、私だって。そのためだったら、どんなことだってしちゃう」

「どんなことでも？」

「例えば、昼間の香水とかね」

　そう言って取り出したのは、フェロモナールと書かれた香水だった。

　香水のブランドはよくわからないけれど、間違いなく先輩の持つ小瓶から昼間の香りが漂ってきた。膝枕のとき、無性に感じた魔性の香りが。

「ふふっ、反応してる？」

「しないわけ、ないじゃないですか。好きなんですよ。好きになってしまったんですよ。この匂いが。もうこの匂いが先輩のものとして刷り込まれちゃってるんですよ」

「悪いことしちゃったかな？」

「責任、とってくださいよ。先輩が、どんどん俺をダメにしていくんです。先輩がいないと俺が俺じゃなくなる気がするんです」

引き出されてしまう。

甘美な香りに誘われるがままに、本音がずるずると引き出されてしまう。

弱い自分。見せるつもりもなかった、先輩にのめり込んでいく自分を明らかにしてしまう。

好きで好きでたまらないという感情の根源が、先輩にバレていく。

バレてバレて、なおのこと先輩から離れたくなってしまう。

自分でもわかる。重い男なのだろう、俺は。それだというのに、どうして先輩は恍惚の表情で俺を見つめてくるのだろう。

「本気の私をそんなに感じてくれてたんだ……」

どうして、細長い指で背中全体を優しく撫でてくれるのだろう。

「こんな俺ですみません」

俺はこんなにも情けなくて、それでいてとことん先輩に弱いというのに。

だってそうだろう？　さっきまで欲求のことで悩んでいたというのに、今は先輩への依存(いそん)に悩みに悩んでいるのだから。

俺はとことんまで、先輩に振(ふ)り回される。

そしてそれはこれからも――。

「でも私、やめないから」

「やめないって……どういうことか、わかってます……？」

「もちろん、よぉくわかってる。えっちなことになっちゃうんだよね？」

先輩はわかっている。

わかっていてもなお、振り回し続けると言うのだ。

これからも俺をダメにすると言うのだ。

あぁ、ダメだ。もう、ダメだ。もう、抗(あらが)えない。

「孝志くんが本気でやめてほしかったら、もうしないわ。どうする？」

「や、めないで、ほしいです……」

「ふふっ、孝志くんならそういうと思った」

先輩に抗うつもりなんて、元からなかったのだけれど……。

だってそうだろう？　紅葉先輩以上の女性が今後俺の前に現れる保証なんてどこにもないのだから。

いや、仮に先輩以上に素敵な女性が現れても、俺は紅葉先輩を選ぶ。

どんな俺でも受け入れてしまう紅葉先輩を裏切りたくないから。

「それじゃあ、私の本気のマッサージ、ちゃんと最後まで受け入れてね？」

愛おしい。今日も先輩は愛おしい。

背中越しの柔らかさ、客室中に広がる爽やか且つ官能的な香り。

耳から脳髄に響く先輩の吐息、浴衣と浴衣が擦れる音。

うつ伏せだと言うのに、今先輩がどういう体勢をしているのか想像ができてしまう。

俺の背中に手を当て前傾する。グイグイッとコリをほぐすように体重を前後にかけていく先輩。

「ん、ん……っ！　孝志くんの、かたいね……っ！」

甘く濃艶な声がまた耳に届く。

わかっている。ただ背中をマッサージされているだけ。

背中と肩のコリがヒドいため先輩が本気になってマッサージをしているだけ。

そう、ちゃんとわかっている。わかっているけれど、否でも応でも反応してしまう。

耳が、脳が。そして、体が。男として、紅葉先輩の彼氏として無条件で反応してしまう。

「ん？　どうしたの孝志くん、腰浮かせちゃって。もしかして重かった？」

「いえ、重くはないです。むしろもっと乗っていてほしいくらいです」

「ふふっ、お世辞でも嬉しい」

「本気ですよ。ずっとおんぶだってできます」

「じゃあ今度してもらおうかしら」

必死に誤魔化す。そもそも紅葉先輩が重いなんて感じていなかった。

感じていたのは、彼女の女性としての柔らかさと、妖艶さ。湯上がりの肌の温度と、湿った指先。

そしてそれらすべてをかき消してしまうほどの、愛らしい紅葉先輩の吐息で暴走しかけている本能を抑え込むので必死だった。

いや、仮に万全の状態だったとしても重いなんて感じないだろう。紅葉先輩の全体重を預けてもらえる。ただそれだけで天にまで昇ってしまう気持ちになるのが簡単に想像出来てしまうから。

もちろん、誤魔化したところで本気になった先輩を欺けるわけがないんだけれど。

「で～？　どうしてそんなにもぞもぞしてるのぉ～？」

ゆっくりと。本当にゆっくりと先輩の手が、背中から胸に向かっているのが浴衣越しでも分かる。

いや、分かるようにわざとしているのかもしれない。

つい、ついつい……。

鳥の羽根でくすぐられているのではないかと錯覚してしまうほどに、こそばゆい。

こそばゆくてこそばゆくて、もぞもぞしてしまう。

「ちょ、先輩……これ以上はまずいですって……っ!!」

「ん～？　なにがまずいのぉ～？　いってごらぁ～ん？」

あぁ、ニヤニヤしている。顔を見なくてもわかる。ニヤニヤして俺の焦る姿を楽しんでいるのだろう。

先輩がその気なら俺だって、手段を選んでられない。

「気になるなら、仰向けになって見せてあげますよっっ!!」

「え、ちょ……きゃっ!?」

先輩が乗っかったまま俺はうつ伏せから仰向けに反転。上に乗っていた先輩を畳の上へ怪我がないように倒す。

かわいい悲鳴。それだけで、先輩が油断していたことがわかる。

けれど決して俺に有利な状態になったわけではない。

だって、そうだろう？　今の先輩は浴衣姿。さっきまでは直接的な肉感に苦しんでいたけれど、今はそれ以上に刺激的な視覚に苦しめられることになるのだから。

例えば、そう。和室ならではの畳に倒れて、先輩の真っ白な太ももの肌が露わになったりとか、だ。

さっきまで俺の背中に触れていたものが、目の前に映る。妖艶で美麗（びれい）な恋人の体に、ますます意識してしまう。

必然的に有利な状態どころか、一瞬（いっしゅん）で負けが確定してしまうほどの危ない状況（じょうきょう）だと理解する。

俺が今、先輩をどんな目で見てしまっているのかがすぐにバレてしまう。

だから、必死になってしまう。必死になって先輩の気を逸（そ）らそうと足掻（あが）いてしまう。

「えっと、その……そういえば、そろそろ食事時ですよね。どんな食事が出るのか楽しみじゃないですか？」

「それもそうね。伊豆のお酒、どんなのがあるのか楽しみだし」

「あ、あはは……」

本当に先輩はお酒が大好きだ。そんな先輩に付き合うように、俺もついついお酒を買うようになってしまった。もちろん、先輩ほど飲めるわけじゃないから、『ゆるよい』みたいな度数が抑えられたものがほとんどだけれども。

それはともかくとして、肝心の先輩の様子は――。

「でも、苦し紛れの食事話はちょ～っとどうかなぁ～？」

俺の考えなんて先輩にはお見通し。伊豆のお酒を堪能したいという本音を漏らしつつも、その場の勢いに流されないのがなんとも紅葉先輩らしい。

俺はいつも先輩の勢いに流されてしまうと言うのに。

「苦し紛れって、一体なんのことですか……？」

お見通しだと分かっていても、ギリギリまで足掻いてしまう。足掻いてしまうしかない状況が正しいのかもしれない。

そんな状況で、紅葉先輩はゆっくりと体を近づけてくる。

「孝志くん、気づいてないみたいだから一応伝えておくね？」

ゆっくりと、少しはだけた浴衣姿で這い寄ってくる紅葉先輩。

動く度にたゆんたゆんと揺れる先輩の胸に、自然と視線が吸い寄せられてしまう。

胸だけじゃない。太ももや唇。ありとあらゆる先輩の魅力に翻弄されてしまう。

少し湿った真紅の髪が揺れるのに合わせるように。

気がついたときには、先輩の手が俺の太ももに届く。その刹那のこと。

「浴衣って、膨らみすぐにわかっちゃうの」

「――――っっ⁉」

とうとう言われてしまった。

自覚していた。自覚せずにはいられなかった事実の熱を、突きつけられてしまった。

「ふふっ、焦ってる孝志くんかわいいっ！　ね、写真撮っていい？　浴衣姿の孝志くん、記念に収めておきたいの！」

「浴衣の俺を撮るのはいいんですけど、それ今じゃないとダメですか⁉」

先輩は笑う。無邪気に笑う。恋人を女性として強く意識してしまっている証拠を目にして、満面の笑みを浮かべる。

それにとどまらず、今の俺を写真に収めたいと言うのだ。いくら先輩の頼みとはいえ、今回ばかりは拒否をしたかった。

あまりにも情けなさすぎる自分の姿が残り続けるのは、どうしても避けたかった。

仮に今の姿が写真に収められてしまった日には、今後ずっと先輩に今日のことを揶揄い続けられることだろう。

先輩に揶揄われるのは嫌いじゃないけれど、どこかで壊れてしまう気がしてならない。

それでも先輩はスマホを構えることをやめない。

「いいじゃない。せっかくの旅行だよ？　記録に収めようよ～」

「記録に収めるのはいいんですけど、今はダメですって！」

「照れちゃって、かわいい。そう言う姿も撮りたくなっちゃうなぁ」

「もしかしてまだ酔ってます⁉　ちょっとしつこ――――」

ちょっと跳ね除けるつもりだった。迫り来る先輩の手を軽く払うつもりだった。

けれど旅行に浮かれているのか、俺は力加減を誤り先輩のスマホごと払ってしまった。

「す、すみません！　ここまでやるつもりはなかったんですっっ‼」

俺は慌てて先輩の手を包む。痛くなかっただろうか。跡になっていないだろうか。

もしものことがないか、繊細かつ的確に先輩の手を確認していく俺。

行きの電車のことを思い出す。あのときはぬるいお茶だったから何事もなかったけれど、
今回は本当に怪我をしてしまうかもしれない事態が起きてしまった。

しかもよりによって、俺が起こしてしまった。

いくら先輩からの揶揄いがしつこかったとはいえ、他にもやりようがあったはずだ。

先輩を優しくなだめたり、逆にこっちから揶揄うなど平和的な方法があったのに。

それもこれも、押し倒してしまえば……男を振りかざせば先輩を思うままに出来ると知

ってしまったからだ……。

「そんなに慌てなくて大丈夫だよ孝志くん。さっきとは違って力任せに向かってきてないのはよくわかってるから」

「そうはいってもですね……」

「あ、もちろん力任せの孝志くんも嫌いじゃないからね？　ああいう孝志くんも写真に収めたいなぁ～」

先輩はお見通しだ。全部全部、きっとお見通しだ。

見通していて、わざと俺を試すようなことを言ってくるのだ。

先輩はそういう人。俺の好きな先輩は、どこか掴めなくて憎めなくて、それでいて先輩が言うならそれが正解なんじゃないかと錯覚すらしてしまう。

今だってそうだ。

頭では俺がした行為は許されるものじゃないって分かっているのに、無邪気に微笑む先輩を見ていたらこういう俺でも好きでいてくれるのかと納得してしまう。

納得して納得して、そして不安にも思えてしまう。

こんな素晴らしい人が俺の恋人でいいのだろうか、と。

もちろん、俺の彼女は紅葉先輩以外ありえないし、紅葉先輩が他の男の人に微笑んでいるのなんて想像したくもない。それでもやっぱり、先輩の器の大きさに対して俺自身が小さすぎるように思えてしまうのだ。

一朝一夕でどうにかなるものではないと分かっていても、ついつい考えてしまう。

「すみません、今日は取り乱してばっかですね俺」

「レアな孝志くんを見られて私はうれしいよ」

「俺も、浴衣姿の先輩を見られてうれしいです。……スマホ拾ってきますね」

「気にしなくていいのに。それに、うれしいのは浴衣姿の私だけ？」

「もちろん、先輩と伊豆でしたこと全部うれしいですよ。電車のときも、すくえあー公園のときも、その……マッサージのときも……」

「ふふ、思い出して照れてるのが丸わかり～」

夕飯を食べたら今日はもうお開きにしよう。

いくらお昼寝をしたとはいえ、朝から動きっぱなしで疲れてしまった。

旅行の続きは明日しよう。幸い、明日は祝日。まだ一日堪能できる日があるのだから。

そんなことを考えながら払ってしまった先輩のスマホを拾うと、たまたま通知が来たのか待ち受け画面が見えてしまった。

——先輩の膝の上で気持ちよさそうに寝ている俺の寝顔が。

「あの、先輩これっていったい……」

「ありゃ、とうとうバレちゃった？」

「とうとうバレちゃったって……もしかして、俺が寝てるときからずっとこれでした⁉」

　バレちゃったという割には先輩はとても落ち着いている。それどころか、どこか嬉しそうにも聞こえる。

　スマホの画面から先輩の顔へと視線を移してみても、声の通りの表情をしている。

　声の通りの……とても、ワクワクしている表情を……。

「というよりも寝顔に替える前からずっと待ち受け画面は孝志くんだよ？　いつか気づいてくれるかなぁ～って思ってたんだけど、なかなかこれまた機会がないものだねぇ～」

「恋人のスマホの待ち受け画面を見る機会なんて普通ないですよ」

「私は孝志くんにいつでもスマホ見られてもいいって思ってるよ」

　乱れた浴衣をゆっくりと整えながらも、先輩は淡々（たんたん）と心中を口にしていく。

　ずっと気づいてほしかった、と。キミには何も隠（かく）さないよ、と。

「いつでも見られていいって、プライバシーもへったくれもないじゃないですか！　冗談でもそういうこと言っちゃダメですって！」

　心中を明らかにしていく度にうっとりとした表情へとなっていく恋人に、俺は恐怖を覚えた。

何が先輩をそこまでさせるのか。どうしてそこまで自分をさらけ出そうとするのか。

隠したい想いばかりの俺にはとても、先輩のようにはできない。

自分が出来ないからこそ、先輩のうっとりとしつつもまっすぐな瞳が恐怖に思えてしまうのかもしれない。

先輩への好意を何回も何度でも伝えたい想いがあると共に、先輩の包容力で簡単に押し切られてしまう小さな自分を知られたくないから……。

先輩は強い。強くて美しい。そんな先輩が結局好きで好きで堪らないのだけれど。

「冗談なんかじゃないわよ。孝志くんにスマホの中身を見られて困るような生活を送ってないもの。だから、孝志くんが見たいときに見ていいの」

「なんでそこまで」

「孝志くんのこと、本気の本気で大好きだから。大好きな人に私のことをもっとも～っと知ってほしいの。だから、気が向いたときでいいから見てね？」

先輩と俺の気持ちは同じ。お互いに本気の本気で相手が好き。

けれど、大好きだからこそ深い自分を知られて嫌われてしまうのが俺には耐えられない。

知ってほしいのに。俺がどれだけ先輩のことが大好きか、どれだけ先輩のことをメチャクチャにしたくて我慢してるか知ってほしいのに。

それ以上に、嫌われてしまうかもしれない恐怖で心が竦んでしまう。

「……今は、見ないでおきます。いくら先輩がいいって言っても、やっぱり抵抗があるので」

「ごめんね、ちょっと無茶なお願いだったかな」

「いえ、先輩の気持ちは十分に伝わりました。悪いのは俺なので。先輩に言えないことばかりの俺が、見ちゃいけないような気がして……」

結局、俺は先輩のお願いを断るかたちでスマホを返すことに。

いつか気持ちの整理がついたらまた変わるかもしれないけれど、自分の奥底を覗かれたくないのに恋人のプライベートをいくら許可ありとはいえ、覗く気にはなれなかった。

たとえスマホにどんな先輩が待っていたとしても、フェアじゃないと思った。

「孝志くんをフォローするわけじゃないけど、私だって孝志くんに言えてないことたくさんあるんだからね？　もちろん、それ全部ひっくるめて私を知ってほしいのが本音だけど」

耳が熱い。吐息が耳を湿らす。

しっとりと、今回のやり取りを耳の奥に刻み付けるかのように、甘ったるくも熱っぽい声で俺に秘密を伝えてくる先輩。

こんなことをしなくても忘れるわけがない。忘れられない。忘れたいと思うわけがない。

「いつでも待ってるから。孝志くんがその気になってくれるの」

熱くなった耳を押さえる俺を見て、少し寂し気にけれど美しく紅葉先輩が笑う。

纏まった髪の自重に任せるように首を少しだけ傾げると、そのまま髪を解き始める。

するり。するりするるり。

見慣れた姿から、懐かしい姿に。俺が大学一年生のとき、付き合う直前まで先輩がよくしていたストレートロング。

一目見て、見惚れてしまったときの姿を久々に見てもやっぱり、感想は変わらない。

「やっぱり、綺麗です」

「久々に孝志くんの前で髪解くから、どきどきしちゃう」

「たまにでもいいので、こっちの姿ももっと見たいです」

「考えておくね」

寂し気な表情が一変。先輩が美しく微笑む。より一層ドキドキしてしまう。

こんなとき、かっこいい口説き文句でも言えたらいいのだろうけれど、残念ながら俺には口にする勇気もボキャブラリーもない。

そんな時だった。

「お食事のご用意が出来ました。お部屋にお運びしてもよろしいでしょうか？」

コンコンと柔らかなノック音の後に、仲居さんの声が部屋の中に響いたのは。

「はーい」

紅葉先輩がさっきまでの甘い声とは打って変わって、朗らかな声で返事をする。

「それじゃあ、食事にしよっか」

「……ですね」

それでも俺の前では甘い声色。はだけた浴衣を手慣れた様子でせっせと直す先輩の様子に、俺は飽きもせずドキドキしてしまう。

◇閑話◇

「はぁぁ……っ」

温泉に浸かりながら、私は深いため息をつく。

孝志くんからの圧を思い出しながらゆっくり目を閉じる。

「……っっ！」

襲われるかと思った。襲われる気満々だった。

孝志くんのストレスを発散できればそれでよかった。気を使いがちの孝志くんにリラックスさせる機会を与えたかった。

本当にそれだけだったのに……まさか、押し倒されるなんて思いもしなかった……。

「かっこ、よかったなぁ……」

今でも昂っている。孝志くんへの想いは収まることを知らない。

揶揄っても揶揄っても、揶揄い足りない。

電車の時にされ損ってしまった孝志くんからのあ～んもできた。孝志くんの照れ屋な一面というオマケ付きで。

とても、とても幸せな時間だった。

それだけに、こんなにも幸福な時間を過ごし続けてしまっていいのかと悩んでしまう。

お父さんをほったらかして、孝志くんとイチャイチャするという自身の欲望に正直になってしまっていいのだろうか、と。

押し倒された時だってそうだ。このまま孝志くんにメチャクチャにされてもいいと、本気で思っていた。

いや、今だって思っている。孝志くんになら、どんなことをされてもいい。

でも果たして孝志くんはそれでいいのだろうか、とも考えてしまう。

　今まで数度、孝志くんから反撃されたことはあった。私はその度に揶揄うことはしても受け入れてきたし、きっとこれからもそのつもり。

　だって反撃しているときの孝志くん、とってもかわいいから。

　それでも、最後の最後にまで踏み込んでしまっていいのだろうかと不安になってしまう。

「……大学生って、辛いなぁ」

　ここ数年で数度目の後悔。

　一度目は、お父さんの求めるレベルの大学に受からなかったとき。

　二度目は、実情は飲み会ばかりのサークルに自暴自棄で入ってしまったとき。

　どっちも今は、気持ちの整理ができている。むしろ、この大学やサークルにいたからこそ孝志くんに出会えたのだから、感謝すらしている。

　他にも色々と後悔しては、孝志くんと一緒に乗り切ってきた。

　それでもやっぱり、自由度が高くても学生という立場に縛られてしまうこともある。

　親に学費を出してもらっている立場上、ごくごく当たり前の学生らしい生活をしないといけないことは今の私にとって厳しいものがあった。

　先に進みたいのに。もっと孝志くんとの仲を深めたいのに。学生らしい生活に縛られてしまう。

大学生じゃなかったら、今頃……。

孝志くんへの想いがおさまりの利かないほど強まってしまった今だからこそ、してしまう意味のない後悔。

でも、大学生であるからこそ、理性を保った付き合いができているのかもしれない。

これからのことを考えられる理性を保てていたからこそ、孝志くんを止められたのかもしれない。

そうでなかったら、きっと今頃は……。

「うぁ……っ！」

また思い出してしまう。

かっこいい孝志くんに押し倒されたときの感覚が。鋭い瞳をして、獣のように私を求める恋人の本能に弄られたときの感覚が。

「お湯、汚しちゃダメだものね……」

ほんの少し。ほんの少しだけ。そう言い訳しながら、湯船から一度上がって再び体を洗うことにした。

疼いてしまう女心を鎮めるようにして。

ゆっくりと、孝志くんとの幸せを噛み締めるようにして。

第四章　お酒とイチャ甘は計画的に

「～～～♪」

「先輩がそんなに食事ではしゃぐの珍(めずら)しいですね。美味(おい)しいって評判なんですか？」

「ん～ん、わからないわ」

「わからないのに、そんなにはしゃいでるんですか？」

「はしゃいでるのは、内容の方にだよ～」

「内容？」

「食事が届いたらわかるよ」

鼻歌を歌う先輩に聞いてみてもいまいち、よくわからなかった。

もちろん旅館の食事が楽しみなのはよくわかる。それでも、旅行慣れしているであろう先輩がはしゃぐくらいだからよっぽどだ。

はてさて、何が待っているのか。

客室が広々としているだけに、豪華(ごうか)な食事が期待できるけれど先輩が楽しそうにしているのはそこではない模様。旅館の内装には動揺を示さなかった先輩が食事の豪華さにはしゃぐとも思えない。

ではなんだろう。先輩に鼻歌を歌わせるものは一体なんだろうか。

美味しさの評判も知らないという。となればいよいよわからない。

そんな中で、料理が届く。案の定、豪華な懐石料理。

だけど先輩の視線は美味しそうな懐石料理には向かわず、ある一点に集中していた。

「……あぁ、そういうことでしたか」

「あ、わかっちゃった？」

「そりゃまぁ、実物を見てしまえばわかりますって」

「伊豆の地酒、きっと美味しいんだろうなぁ～」

納得。紛うことなき納得。

そしてつられて俺も楽しみになっていく。それは決してお酒に対する楽しみではない。

先輩が楽しそうにお酒を飲む姿を見られることへの期待感だ。

普段の先輩はもちろん好きだけど、お酒をいつも美味しそうに飲む先輩も好きだ。

酔って普段以上に積極的な先輩が、本当の本当に好きだ。

「では、ごゆっくりお楽しみくださいませ」

大好きな先輩のことを考えているうちに、食事の準備が整う。仲居さんが客室を後にするのを見届けて、再び正面を見れば紅葉先輩が美しい姿勢で座っていた。

「ん？　どうしたの、そんなに固まっちゃって」

「あ、いや……綺麗だなって……」

「ふふっ、ありがと」

ふにゃりと柔らかい笑みを浮かべていても、やっぱり姿勢は崩さない紅葉先輩。

育ちの良さがよくわかる。そしてそんな恋人が一層好きになる。

それだけに、紅葉先輩が旅行の前日に自身の父親である幸太郎さんに向けた険しい表情が気になってしまう。

「孝志くんもこっちおいで。食事、美味しそうだよ」

「ええ、もちろんです」

聞けない。どうして険しい表情になっていたのか聞けるわけがない。聞く雰囲気でもない。

とにかく今は伊豆旅行を堪能しよう。旅行を楽しむ紅葉先輩と一緒に。

そんな決意を胸に、自分の前に置かれた食事に目を向けるや否や一言。

「これは、ちょっと豪勢すぎじゃありませんかね？」

「孝志くんはこういうの嫌い？」

「嫌いじゃないですよ？　嫌いじゃないから、困ってるんですよ」

「ふふっ、喜んでくれてるようでよかった」

「ええ、そうですよ！　喜んでますよ‼」

あまりにも普段の生活とはかけ離れた食事に、テンションがおかしくなってしまう。

胡麻豆腐に、茶碗蒸し、魚の煮付け、刺身の盛り合わせ。

ここまではわかる。よくある旅館の食事だろう。

だけど、鮑の酒蒸しと伊勢海老の天ぷらはやりすぎだと思う。いくらなんでも大学生の旅行には豪華すぎる品々だ。

そんな中でも紅葉先輩は動じない。まるであるのが当たり前であるかのように平然としている。

いや……平然とはしてないか……。さっきからずっとニヤニヤしてるもんな、紅葉先輩。

熱湯の中で暖を取っていた徳利の頭を持つと、紅葉先輩はそのまま軽くそれを振る。

「一緒にお酒飲もう？」

徳利の中からちゃぽちゃぽとお酒が揺れる音が聞こえる。自然と、唾を飲み込んでしまう。

「……飲み、ますか」

「そうこなくっちゃ」

どうやらすっかり俺も、お酒呑みの仲間入りをしてしまったようだ。

先輩と俺の間に置かれたお猪口二つ。先輩が注ぎやすい距離にお猪口を寄せると、あっという間に日本酒が注がれた。

今まで飲んできたお酒とは違い、湯気が立っている。また、唾を飲み込む。

鼻を通る甘いお米の香り。まろやかだけれども、しっかりとお酒の香り。なるほど、これが日本酒なのかと、実感する。

実感して実感して、ついつい先走ってしまう。

この香りを味わってみたい。早く、早く先輩と同じくらい日本酒の良さを分かる男になりたいと、気持ちが前のめりになってしまう。

先走って、前のめって、焦りすぎてしまったのかもしれない。

「あ、ちなみにだけどいつもみたいな飲み方しちゃダメだからね？　熱燗だから――」

「ふにゃ……？　力が抜けてく気がします……」

「熱燗だから、ちょっとずつ飲んでねって言おうとしたんだけど、遅かったみたいね」

どうやら俺は、お酒の恐ろしさを少し甘く見ていたのかもしれない。

いや、先輩がいるから大丈夫だろうと心のどこかで油断していたのかもしれない。

先輩となら俺は無敵だと、勝手に舞い上がってしまっていた。

実際の俺はこんなにも弱いというのに。

「ふへへ、先輩がふにゃふにゃしてますぅ」

「私がふにゃふにゃしてるんじゃなくて、孝志くんがふにゃふにゃしてるんだよ」

弱い俺にも先輩はにっこりと微笑む。そして、自己管理が出来ている先輩はゆっくりと日本酒を嗜む。

美しい。歪む視界でもしっかりと美しい飲み方だとはっきり分かる。

だからこそ、悔しくてたまらない。自分の認識が甘くなかったら、もっと美しい先輩を堪能出来たに違いないのに。

お酒を飲んだからなのか、先輩の姿勢が少し崩れていくのが分かる。ようやく先輩のくつろげる雰囲気になったということなのだろうか。

だとしたらなおさら、悔しい。先輩の楽しい姿はもっとはっきり見たいから。

それでもやっぱり、先輩と一緒に飲むお酒はどんなものでも美味しいと感じてしまうのだから、俺はとことんまで先輩にハマってしまってる。

「んもう、ちょっと気を張って我慢してたのになぁ～。孝志くんが酔っちゃって全部意味なくなっちゃったぁ〜」

「我慢してたんですかぁ〜？」

「そうよ？　私だって我慢するときくらいあるわよぉ〜？　例えばそうねぇ――」

太ももにそっと先輩の細く長い綺麗な指が触れる。柔らかくも少し艶やかな指使いの先輩の手。

日本酒に負けず劣らず香り高い先輩の匂い。昼間に嗅いだものとは違う、先輩本来の匂い。

甘ったるくもしつこくない、落ち着いてしまう香り。

けれど、今だけは違う。落ち着くどころか、興奮してしまう。

ドキドキしてしまう。ドキドキが加速してしまう。

ただでさえ、熱燗の日本酒を一気に飲んでしまって鼓動が速いというのに、もっと速まってしまう。

聞こえてしまう。バクバクと先輩のことを思いっきり意識してしまっている音が先輩に聞こえてしまう。

それでも俺はじわりじわりと顔を近づけてくる先輩に、何も抵抗することは出来ない。

抵抗したところで、先輩にはかなわない。特に、お酒を飲んでいるときの先輩には。

「孝志くんがお昼寝してる間に、いっぱいキスしたらどうなるかなぁ……とかね？」

一瞬、酔いが覚める。理性が目覚める。

反面、熱が高まる。先輩への好意の熱が高まる。

自分では処理ができないほど、高まってしまう。

「どう？　ちょっぴり驚いた？」

「驚くどころじゃ、ないですよ……」

「知ってる。分かってて聞いちゃった」

「先輩らしいです……」

「いじわるな私は、嫌い？」

「そんなわけないじゃないですか。好きですよ。大好きです。少しいじわるな先輩も、先輩にいじわるされることも。両方、好きで好きで堪らないです」

本音が漏れ出る。

隠すつもりもない本音が、今まで口にするのが恥ずかしかった想いが、留まることなく漏れ出てしまう。

酔っているなんて関係ない。この想いはお酒を飲んだだけで湧いてくるような軽い気持ちじゃないから。

伝わってほしい。先輩に俺の想いを伝えたい。

気が付いたときには、先輩を抱きしめていた。ふわりと全身を包み込む先輩の甘い香り。

堪らない。先輩がそばにいることが。先輩の好きなものを堪能できるのが。先輩の特別を知れることが。

「ありがとう。私もね、大好きだよ」

「揶揄うのが、ですか？」

「さっきの仕返しかしら？」

「すみません」

「ふふっ。そういう君も好きよ。君を揶揄うのも、揶揄われて少し赤面する君も、私のことを気遣う君も、全部好き。大好き。愛してる」

対抗してなのか、先輩も酔っているのか。耳元で先輩の甘い声が響く。

耳が熱い。心が熱い。全身が熱くて、心地よい。好きな人に思い焦がれて、メラメラと気持ちを燃え滾らせているこの瞬間が心地よくてたまらない。

出来ることならこのまま、心地よさを堪能したい。

――そう思うのはどうやら、俺だけのようだった。

「だから、ね？　しちゃおっか、キス」

先輩はもっともっと、心地よくなりたいみたいだから。

「んっ、ちゅ……ん、ふ……」

蕩ける。口の中が蕩ける。

熱い舌先。熱い喉奥。

キスで熱くなっているのか。それともお酒で喉が熱いのか。

どちらにせよ、このふわふわとした感覚は嫌いじゃない。むしろ待っていた。

先輩とのんびり旅行を楽しむのも楽しいけれど、やっぱり俺は先輩に甘く振り回されている時間がとっても好きだ。

お酒だってそうだ。先輩が美味しそうに飲んでいたお酒を一人で飲んでみたことはあったけれど、とてもつまらなかった。美味しく感じたのさえ覚えてない。

だからこの喉の痛みは、先輩がいるからこそ苦に感じないのかもしれない。それどころか、先輩が喉奥に届くほどの深いキスをしてくれているのではないかと錯覚してしまう。

実際には、舌を絡ませ合って口に含んだ日本酒を濃密に楽しんでいるだけだというのに。

「ぷは……っ」

「先輩、食事も食べないと……」

「ふふっ、さっきまで私に夢中だった孝志くんが言っても説得力ないわよ～？」

「そういう先輩だって離してくれなかったじゃないですか」

「だって離れたら孝志くん、寂しがるでしょ？」

「……そんなことないです」

「わかりやすくしょぼくれちゃって、本当にかわいいなぁ～」

「しょぼくれてなんか」

「大丈夫だよ孝志くん。私もだから」

「私も、って？」

「私も孝志くんと離れたくなかったってこと」

「～～～っ！」

ああ、もう。本当にこの先輩は俺の弱いところをよく知っている。

俺がどれだけ先輩のことを好きか分かっているのだろうか。どれくらい離れたくないか、どれくらいそばにいたいか分かっているのだろうか。

いや、分かっているからこんなにも挑発(ちょうはつ)してくるのだろう。甘すぎる笑顔(えがお)を振り撒(ま)いてくるのだろう。

ああ、たまらない。好きで好きでたまらない。

豪華な食事なんていいから、先輩のことをもっと堪能したくなってしまう。

先輩がその気になったらきっと俺は――。

熱が膨らむ。終わりのない熱が高まっていく。

そんな俺の熱を止めるように、ぴとりと先輩の人差し指が唇に触れる。

「でも食事は取らないとだよね」

にこりと笑う。さっきまでの蕩けた笑顔とは違う、少しだけ真面目な笑顔。

まいってしまう。内と外を使い分ける多面的な先輩にまいってしまう。

せっかくの豪華な料理を粗末にするなんてダメだし、そんな男だとも先輩に思われたくない。

いくら先輩に夢中になっていたとはいえ、のめり込みすぎてしまったことを反省する。

反省はするが、後悔はしていない。先輩への気持ちは本物なのだから。

「じゃあ、食べましょうか」

「孝志くんがその気になったところで、はいこれ」

「……お箸？」

「あ～んして食べさせて？」

前言撤回。どうやら、もっと先輩にのめり込みそうだ。

電車の中、あーんされただけでも我慢の限界だったと言うのに、今度は俺があーんをする。全身が燃え滾るどころじゃ済まなそうな予感しかしない。

それでも、俺は断ることなんてできやしない。断る理由が見当たらない。

「いっぱい食べさせてあげるので、覚悟してくださいね？」

電車の中でされたように、今度は俺が先輩を甘やかすのだから。

甘やかされるのは嫌いじゃないけれど、甘やかされっぱなしっていうのも気が引ける。

先輩はきっと気にしていないのだろうけど。

俺の宣言を聞いても一切動揺する様子を見せないのがその証拠。

「じゃあ、期待して待ってようかしら」

んぱ……。

日本酒で薄くつけていた口紅が溶けたのだろうか。少しだけ蜜っぽい音が紅葉先輩の唇から聞こえる。

「……っ！」

また、唾を飲み込む。

今度は日本酒にではなく、愛おしい紅葉先輩に対して。

湧き上がる。さっきまで濃厚な時間を過ごしていたというのに、また求めてしまう。

でも今は食事の時間。食事に専念する時間。

葛藤。心が燃え焦げてしまうほどの葛藤。

それでも先輩は、俺からのあ～んを求めるように口を開けたまま服の袖をクイクイッと引っ張ってくる。

油断しているのか、それとも俺を信頼しているのか。丁寧にも目を閉じている先輩。

あぁ、もう！　本当にこの先輩は!!

「……じゃあ、どうぞ」

「ん。ん、んっ……。ふふっ、ふふふっ……」

料理を摘んだ箸先がゆっくりと先輩の口に吸いこまれていく。

箸越しに先輩の咀嚼感が伝わってくる。

丁寧に丁寧に、料理を味わっているのが伝わってくる。伝わってきてしまうからこそ、ドキドキどころではなくなってしまう。

先輩が突然笑みを溢すものだから尚更。

「な、何か変でした？　やっぱりご飯からの方がよかったですか？」

「ううん、違うの。孝志くんは何も悪くないの」

「じゃあ、なんで笑ってるんですか？」

「ん～？　そんなの幸せすぎて、ついついニヤけちゃう以外の理由って必要？」

もうダメだ。このままのペースじゃ絶対にどうにかなってしまう。

際限がない。先輩への恋はきっと果てがないのだろう。それくらいに熱がおさまる事がない。

だから俺は逃げることにした。

「い、いただきます!!!」

「私が口つけたお箸だけど、いいの～？」

「あ……」

「ふふっ、孝志くんはドジっ子さんだね」

揶揄いは止まらない。ちょっぴり甘酸っぱいお米の香りのするお箸で、無我夢中で食事を食べ進めていく。

きっと美味しいのだろう。舌鼓を打つほどの絶品なのだろう。

可愛すぎる先輩への想いが暴走していなかったらきっと最高の味を楽しめたのだろう。

それほどまでに、今日の先輩は魅力的だ……。

「うぅ……無理して食べすぎたかも知れない……」

「無茶していっぱい食べるからだよぉ～」

「食べ残しは勿体ないので……」

「とか言いながら、私のお箸を堪能してたんじゃないのぉ～？」

「そんなことないですって！　そりゃ、先輩のお箸で食べてしまったのは事実ですけど、決して変なことをしようとしてわざと間違ったわけじゃないですからね⁉」

「本当かなぁ～？」

「本当ですよ！」

日本酒の酔いが収まったころ、ようやく俺と先輩は食事を完食することができた。

飲んだ量が少なかったからか、意識がハッキリするのにそう時間は掛からなかったのもあるかも知れない。

どちらにせよ、まずは料理を無駄にすることなく食べ切れたことに一安心する。

同時に、酔った勢いで色々と先輩としてしまったことへの羞恥が襲ってくる。

酒に酔って、先輩に酔って、先輩とのキスを通してもっと酔って……。

今でも思い出せてしまうほどの熱量。顔が沸騰して、爆発してしまいそうだ。

あぁ、いや、違うな。この畳の客間に案内されたときから俺は先輩へ劣情を抱いてしまっていたな……。

だからこそ、逃げるようにして食事に集中したのだけれど。

そして、今からも。

◇閑話◇

「孝志くんのことになると、ほんとダメだなぁ私……」

微かに日本酒の残り香が漂う暗がりの畳部屋。愛おしい恋人が眠る横で、ぼそりとつぶやく私。

引かれてしまっただろうか。はしたない女だと思われてしまっただろうか。

孝志くんの心が揺らいでしまったかもしれない、そう分かっているのに彼との時間を思い出さずにはいられない。

ガッチリとした、しっかりとした男性なんだなと再認識してしまった手の感触は、とてもじゃないが忘れられない。

新しいドキドキ。大好きな孝志くんに抱く新しい恋心。何度も何度も私は彼に恋をする。

みんなが酒の誘惑に負ける中、孝志くんだけ一人律義にソフトドリンクで済ませた新歓コンパ。

サークルに入ったはいいものの思ってた内容と違って飲みサーになっている現状に困惑しつつも、文句を言わずに自分ひとりだけでもと真面目に取り組むサークル活動。

彼は出会ったばかりのときから、とても魅力的だった。誰もが注目するような男の子ではないけれど、少なくとも私は律義で真面目な彼にどんどんのめり込んでしまった。

気づけば告白して、恋人同士になって、つい最近には同居して、今は旅行の真っ最中。突発的に決めてしまった旅行とはいえ、とても幸せな時間を過ごせている。

「まだ……好きになれちゃうんだから、ほんと孝志くんには困っちゃうよ……」

好きが増幅していく感覚はこれまで何度もあった。好きが暴走して何度も何度も、孝志くんとイチャイチャしてきた。

それよりももっと懐かしい感覚。まだ何にも塗りつぶされていない真っ新な感覚。まだ増幅する余地が有り余っている、新鮮な好意。

私は、また孝志くんに恋心を抱いてしまったということだろう。彼の優しさだけじゃなく、彼のしっかりとした男の部分にも新たに恋をしてしまったのだろう。

孝志くんと出会ってから、私の青春はもうメチャクチャだ。何もかもが新鮮過ぎて、頭がおかしくなってしまう。

おかしくなっておかしくなって、もっと孝志くんに私を知ってもらいたくなってしまう。

「たかしく……んっ」

あぁ、もっと私を見て？　私をもっと知って？

孝志くんのことが大好きでたまらない私をもっともっと知って？

あわよくば孝志くんの内側も覗きたい。孝志くんがどんな女の子を好きか知りたい。

知って知って、孝志くんにもっと好きになってもらいたい。

お風呂で落ち着かせたはずの女心がまた疼く。隣にはぐっすり寝ている孝志くん。

「好きよ、孝志くん……大好き、本当にメチャクチャにされたいくらい、大好き……っ」

お腹が熱い。食事をしながらのキスで何度キュンキュンしたことか。

キスがしたい。もっともっとキスをして、最後には既成事実を作ってしまいたい。

そう心の中で願っていたときにはお腹の奥が熱くてたまらなかった。

けれど結果は、いつも通り。いつも通りに、孝志くんを揶揄って終わってしまった。

孝志くんの気持ちを知れたし、悪いことばかりではない。

まだまだ孝志くんのことを好きになってしまうかも知れない期待感が高まっていく。

けれど、その逆のこともつい、考えてしまう。

私と付き合ってなかったら、気持ちを隠したり我慢するようなことはなかったんじゃないか、って。

分かっている。それが孝志くんで、そんな彼に私は惹かれたのだ。

どこまでも真面目で、周りをよく見ている彼に。

「私の方が先輩なのになぁ……」

知らず知らずのうちにフォローされて、気を使ってもらって。果てには、我慢させてしまっている。

もちろん別れるつもりはない。別れてしまったら、私が私でなくなってしまうから。

それでもやっぱり、フラッと孝志くんがどこかに消えてしまうんじゃないかと、考えてしまうことがある。

だから、偶然とはいえスマホの待ち受けに孝志くんが気づいてくれてラッキーだった。

ようやく見せられたから。言葉としてだけじゃなく、本気で孝志くんのことを愛している物的証拠を。

孝志くんの寝顔を撮ってしまうほど、待ち受けにしてしまうほど愛していることをハッキリ見せることが出来たから。

理由が分からないまま嫌われてしまうのだけは、やっぱり嫌。

嫌われるのはもちろん嫌だけれど、せめて、せめて私の何がダメだったのかくらいは知りたいじゃない？

優しかった父親が急に厳しくなったときのように……。

「はぁ……孝志くんの前では弱気にならないって決めたのになぁ……」

いくら当の本人が寝ているとはいえ、不意に目を覚まさないとも限らない。もしかしたら、寝ているフリをしているかもしれない。

それだったら、せっかくの努力が水の泡になってしまう。

不安を隠して押し殺して、お酒を頼りに孝志くんのことだけを考えるようにしていたのに、酔いがさめた途端に現実の苦しさが襲ってくるのだ。

実の父親に恋人を認めてもらえない悔しさ。私の気持ちを考えてくれない一方的な父親へのやるせなさ。ずっとずっと溜め込んでいた父親への不満がここにきて私を苦しめる。

その結果、突発的に旅行をしてしまう私も私なのかもしれないけれど……。

とはいえ、ただただ逃避行をしているだけじゃ何も話が進まない。

「……はやいとこ、気を引き締めないとなぁ」

結局、やることは一つだけ。立ち向かうしかない。

「最後まで私を、見ててね？」

孝志くんの前では精一杯大人ぶろう。そう新たに決心して孝志くんの後に続くように眠りにつくのだった。

第五章　一夜明けて、ほんの少しの日常

Prrrrrrr――――ッッ！

「うぅ……ん……？　なんの音だ……？」

「孝志くんのスマホだねぇ～。アラームとかかなぁ～？」

「いつも紅葉先輩が起こしてくれるんで、アラーム設定してないんですけど……」

「ふふっ、甘えん坊さん」

「じゃあ俺が自力で起きた方がいいですか？」

「そのときは私が起こしてもらうもの～。優しく、孝志くんの王子様キスで目覚めるの」

「あぁ……なるほど、そう来ましたか……」

けたたましい着信音と共に、甘さたっぷりな二人だけの時間で旅行二日目の朝が始まる。

目覚めた瞬間から、先輩からの甘い揶揄いを受けてしまった。

魅力的な、とても魅力的な夢を語るような揶揄いを。

「王子様キスねぇ……俺にできる気がしないんですけど……」

「大丈夫だよ、孝志くんなら出来るよっ」

「そんな無茶振りな」

「ふふっ」

悪戯に笑う紅葉先輩。寝る前には乱れていた浴衣も、今ではぴっちりと着直している。

揶揄い返す隙なんてものは今の紅葉先輩にはない。そんな先輩もまた好きなのだけれど。

短くも幸せな時間を過ごすも、けたたましい着信音は鳴り止まない。一体全体何事だろうと思い、枕元にあるスマホを手に取る。

「――げっ」

「ん？　どうかしたの？」

「悠から電話が来てて……」

スマホにはデカデカと、『園田　悠』の文字。大学同期の中で唯一と言っていい友人の名前に、反射的に眉を顰めてしまう。

決して、悠が嫌なわけではない。むしろ仲良くしてくれてることに感謝すらしている。

問題はそこではなく、今電話をかけてきている悠が女性であるのが問題なのだ。

「悠ちゃんに何か変なことしたの？」

「まったく」

「とか言って、ちゃっかりやらかしてそうだなぁ～」

「ないですって」

苦い声を出す俺に、紅葉先輩が懐疑的になる。と言うよりも、俺の反応を見て楽しんでいるのが正しいのか。

「どうだかなぁ～」

先輩は悠と知り合ったばかりとはいえ、彼女の家に遊びにいくほどには仲がいい。それくらいには俺と悠の関係性も察しがついているのだろう。

それでも、不安なものは不安なのだ。

「と、とりあえず電話出ていいですか？」

「どうして私に聞くの？」

「いや、その……焼肉のときみたいに、先輩を怒らせたくないですし……」

俺の言葉に唖然とする紅葉先輩。ぽかんとして、目を丸くしている先輩もまたかわいい。

悠からの電話がなかったら、ずっと見惚れていたいほどの美しさも兼ね備えているのだから、本当に紅葉先輩らしい。

「あの、先輩？」

「あはっ。あははは……っ！」

「ま、また何かやらかしちゃいましたか俺⁉」

唖然とした様子から一変して、紅葉先輩が可愛らしく笑い出した。

またいつもの揶揄いかと思ったが、彼女の笑い方からそうではないことくらいは分かる。

そしてそれは、先輩の手振り（てぶ）りからも伝わってくる。

「ううん、そうじゃないの。孝志くんってば、本当に私のこと好きなんだなぁって、キュンッてしちゃっただけ」

紅葉先輩はフリフリと手を振り誤解を解くと共に、俺への好意をいつものように口にする。

釣（つ）られて俺も紅葉先輩への好意を口にする。

「そりゃ、好きですよ……好きに決まってるじゃないですか」

「うん、私も。孝志くんのこと大好き」

互（たが）いに確かめ合う。互いに好意を確かめ合う。

今もなおスマホの着信音が鳴り続けている。きっと今ごろ、悠はイライラしているのだろう。

それでも先輩の許可が得られるまでは、出るわけにはいかなかった。

自分の中で決めた、最低限の付き合い方だと思うから。

「大丈夫だよ、悠ちゃんなら。そりゃ、他の女の子とやりとりしてたらモヤモヤしちゃうけど、悠ちゃんならどんな子か知ってるもの」

「そこは問題ないです。先輩と悠以外にやりとりしてる女の子いませんから」

「うんうん、一安心一安心」

言葉の通りに、安心している紅葉先輩に胸を撫で下ろす。

よかった、先輩が悲しんでなくて。

恋人の様子を確認し終えて、ようやく俺はスマホを耳に当てることにした。

人によってはめんどくさいと思うかも知れない。うざったいと思う人もいるかも。

それでも、前に先輩を悲しませてしまったことをもう二度と起こさないように、細心の注意を払ってしまう。

少しでも先輩が側から離れてしまう理由を減らしたいから……。

「悪い、電話でるの遅くなった」

『ホントよ！　遅すぎ!!　どんだけ寝てるんだよお前!!』

「いや、ちょっと紅葉先輩と話してて」

『惚気かよっ！　いい加減にしろよ、ホントっっ!!』

通話をオンにするや否や、悠の怒声がスピーカーから響き渡る。

ずっと電話鳴らしてたのに、当の本人が他の人と話していたとなれば悠の怒りは当然だろう。

けれど俺にとって紅葉先輩に通話の許可を貰うのは大事な行為だったのだ。

待たせてしまった悠には悪いけれど、もうあんな思いはしたくないから。

あのときは許してくれたけど、もう許してくれないかもしれない。

だから、いくら悠が怒ろうが先輩優先の気持ちは変わらない。

「当たり前だろ。俺は先輩のこと大好きなんだからな」

素直な気持ちを吐露する。混じりっけのない正真正銘の本音を。

「孝志くんってば……」

『はいはい、分かってるわよ。ったく、本当に孝志は空気を読まない……』

「悪かったな、空気読めなくて」

隣にいる紅葉先輩は頬を赤らめ、電話越しの悠の言葉には棘がある。

素直な反応をする恋人に胸をときめかせつつも、いつも迷惑を掛けてる親友の不満に申し訳なさを覚える。

何かある度に悠が代返をしてくれていなかったら、何個も単位を落としていたことだろう。

もちろん、悠に何かあったときは俺も代返なり何なりしているが、とうてい数が違う。

だから不満が溜まりに溜まって、言葉に棘があるのも仕方ないのかも知れない。

けれど、そんな悠がわざわざ電話してくるくらいだ。何かあるのだろう。

「それで、悠？　何か困りごとか？」

『ん？　困りごと？　なんで？』

「いや、悠から電話って珍しいから」

『はぁぁ……。呆れた……』

「へ……？」

え、ため息ってどう言うこと。

口調に棘は無くなったけど、その代わりに今までにないほどの呆れた声。

いったい何事かと困惑していると、求める間も無く種明かしをしてくれる悠。

『どうせ孝志のことだから、祝日だぜ！　愛しの紅葉先輩と一日中イチャコラできるぜ!!

なんて考えてるんだろうけど、ご愁傷様。今日は普通に授業日だよ』

「別に俺、そこまで頭の中お花畑じゃないぞ？」

『当たらずとも遠からず、だろ？』

「うぐ……っ！」

確かに悠の言う通りかも知れない。

明日は祝日だし、遠出しちゃおうか。

そんな紅葉先輩の誘いに、疑う余地もなく伊豆まできてしまっているのだから。

あぁ、違うか。祝日だろうがなんだろうが、先輩に誘われたらどこにでもついていくかも知れない。

先輩の側が俺の居場所で、先輩が今の俺の全てだから。

だからまぁ、心配して電話かけてくれた悠には悪いけれど――――。

『まぁいいや、とりあえず大学こい。今から来るなら出席間に合うからさ』

「すまん、悠。今伊豆だから、今日も代返で頼む」

『はぁっっっ⁉』

今日の悠は忙しいな。怒声から始まって、チクチクした口調。呆れた声からまた怒声。

感情のルーレットでもしているのかと、考えてしまう。

もちろん分かってる。俺が悠を忙しくさせてるのだろう。

それでも、俺は今の紅葉先輩を放っておくわけにはいかなかった。

「すまん、訳アリなんだ。今日だけはホント、許してくれ。ちゃんと埋め合わせするから」

『アンタがそこまで言うってことは、紅葉先輩関連ってことか』

「まぁ、うん、そう言うこと」

流石に長い付き合いをしているだけに、察しの早い悠。

紅葉先輩が心配だからついてきたと言うのは簡単だけど、それを彼女の前で言うのは違う気がした。

余計に先輩を追い詰めてしまうことになるし、俺としては焦らせるつもりは毛頭ない。

だからこそ、訳アリという言葉で誤魔化した。

悠に伝わるか多少の不安はあったけれど、どうやら杞憂だったようだ。

悠が親友で本当によかった。

『……紅葉先輩に構うのはいいけど、ちょっとは私のことも気にしろよな』

「え、何か言ったか？」

『なんでもねぇよ。とっととその訳アリってやつ解決しろよな。せっかくの学祭が待ってるんだしさ』

「だな。ありがとな、心配してくれて」

『別にアンタのためじゃないし。とっとと問題解決してくれないと、私がアンタに代返頼めないじゃない』

「学祭明けなら、いくらでも。代返じゃなくてもいいぞ」

『その言葉、覚えとけよ？』

一瞬。ほんの一瞬だけ、苛立っているような声が聞こえた。

けれどそれ以上は特に不自然なことはなく、むしろいつもの悠だった。

口調は厳しいけれど、その実しっかりと俺のことを心配してくれている心優しい親友。

そんな彼女だからこそ、俺はついつい甘えてしまうのかも知れない。

もちろんただ甘えてるだけで許してくれないのが悠でもあるのだけれど。

はてさて……学祭明けには、どんな罰が待っているのやら……。

「先輩、お待たせしました。祝日でも授業あるんだぞって、めちゃくちゃ悠に叱られました——って先輩？」

悠に厳しく言われたことを口実に、先輩に甘えようと考えながらスマホから耳を離すと、俺の隣に先輩はいなかった。

「ごめんね孝志くん、私にも電話かかってきちゃって。孝志くん、悠ちゃんと取り込み中だったし邪魔しちゃ悪いかなって、外で電話してたの」

「電話っていったい誰から……？」

「ん？　同じ学科の友達からだよ」

先輩を捜して外に出たら、ちょうど戻ってきたのかちょっとびっくりしたように手を振ってくる。

反射的に手を振り返したけれど、ドキッとしてしまった。もしかして……、と。

もちろん本人を前に怖い想像をしてしまったと告白できるほど、強い忍耐をしていない。

だからこそ、最低限の確認だけで安心を得ようとしているのだから自分が情けない。

俺の悩みなんてつゆ知らず、先輩は今日もマイペースだけれども。

「その目は、疑ってるなぁ〜。実は隠れて男の人と連絡取ってるんじゃないか、とか」

「そこまでのことは考えてないですよ⁉」

「でも疑ってることは認めるんだ」

「うぐ……っ！」

またしてもやられる。違う相手に、同じ手法で、全く同じ反応をしてしまう。

もしかして俺って単純なのだろうか。ここまで分かりやすく引っかかってしまうと、自分でそう認識せざるを得なくなる。

いや……先輩に揶揄ってもらえるなら、単純でもいいのか……？

「安心して、孝志くん。私も孝志くん以外の男の子の連絡先知らないもの」

「……本当ですか？」

「もちろん。ほら、見て？」

紅葉先輩は昨日のようにまた俺にスマホを見せつけてくる。しかも今度は連絡先というプライベートの深いところを、だ。

見てはいけない。頭では分かっているのに、見せつけられている画面から目を逸らすことが出来ない。どうしてだろうか。俺はそんなにも先輩の深いところを知りたいのだろうか。

「……確かに男子っぽい名前はないですけれど、この碧依って人がさっき言ってた人ですか？」

「そうだよ。性格はちょっとアレだけど、頼れる友達」

「性格がアレって大丈夫なんですか？」

「もちろん。私じゃ思いつかないことを碧依が閃いてアドバイスくれるんだから」

「例えば、どんな……？」

目を逸らさなきゃ。画面から目を逸らさなければ。頭では分かっているのに、行動が伴わない。

結果、小金澤碧依という名前が脳裏に焼き付いてしまった。

先輩がその人の名前を呼ぶだけで心がザワつく。自分がいるのに、他の人の名前を出されるのが如何にモヤモヤするかを実感した。

遅すぎるくらいかも知れない。先輩は俺が実感するよりも前にこのモヤモヤを味わっていたのだから。

そう考えたら、納得の感情だった。先輩が味わってきたものが、俺に返ってきただけなんだから。

「『彼氏が女友達と酒飲んできたのなら、アンタはその思い出を上書きすればいいんじゃない？』とかね」

「あのときは、ほんとごめんなさい」

ズキリとした痛みも受け入れてしまえる。

先輩のいう通り、いや先輩の友達の作戦通りなのか。俺が悠と焼肉を食べて帰った日、そのときまで以上のイチャイチャを味わった。

ただ甘いだけじゃない。チクチクと揶揄われながら、俺の彼女は紅葉先輩なのだと教え込まれた一夜を忘れることなんてできない。

「私の方こそ、めんどくさい彼女でごめんね？　さっきも、急ぎの電話だったかも知れないのに、わざわざ確認してくれたし」

「いえ、先輩に嫌われるよりずっとずっとマシです」

「私が孝志くんを嫌うわけないじゃない。結構本気で君のこと大好きなんだよ？」

「俺だって、紅葉先輩のこと愛してますから。それこそ、先輩と二人っきりで話すようになってから……」

「ふふっ、そんなこと言ったら二人っきりになろうって誘ったときから、孝志くんに惚れてたけど？　孝志くんは、その後ってことだから私の方がずっとずっと愛してるわ」

「どっちが先かで好き度合いを決めるのは、ちょっと違うのでは？」

「でも先に時期の話をしたのは孝志くんだよ？」

「それは、そうですけど……っ！」

「こんなめんどくさい私でも好き？」

「もちろんですよ。どんな先輩でも好きです」

「ありがとう。私もどんな孝志くんでも好きよ。真面目な孝志くんでも、昨日みたいなちょっぴり強引な孝志くんでも、ね？」

「〜〜〜っっ!!」

頬が熱くなる。耳が熱くなる。

キスをしたくなる。

時刻はまだ朝の九時台。イチャイチャするにはまだ早い時間。それでもキスがしたくなる。

言葉にならない。言葉にできないほど、強烈な感情が巡る。

さっきまでスマホに吸い寄せられていた視線が、今は先輩の唇に。まだ何にも染められていない真っ裸の薄いピンクの唇。

濡らしたい。唇を重ねて、自分の唇で彼女を染めたい。

如何に自分が先輩に惚れているかを示したい。

それに先輩が言ったんだ。ちょっと強引な俺も好きだと。そんなことを言われてしまえば、朝だとかもう関係ない。

「先輩――――っ‼！」

「あは……っ」

勢い任せに先輩の肩を掴む。

昨日みたいに体をビクつかせるかと思いきや、むしろ待っていたかのように嬉しそうな笑顔。

もう、止まれない。止まれる理由がない。

ゆっくり、ゆっくりと顔を近づけていく。唇に隙間が開き、瞼がとろりと蕩けていく。

まだ朝だというのに、無性に紅葉先輩を求めてしまう。

旅行でタガが外れているのか、ただただ先輩への想(おも)いが暴走しているのか。

どちらにしても、先輩が受け入れようとしている以上もう止まれない。

「はぁ……はぁ……っ！」

「息荒(あら)いね、孝志くん。そんなにキスがしたいの？」

「したいですよ……っ！　先輩はしたく、ないんですかっ？」

「もちろんしたいわよ」

「〜〜〜っっ!!」

もう間も無くキスをする。もう間も無く唇が重なる。そんな瞬間(しゅんかん)——。

「朝食、お持ちしました」

旅館の仲居さんが朝食を持って部屋の前にやってきた。

「先輩……」

気のせいであってほしい。まだ誰にも邪魔をしないでほしい。

そう思い、俺は一度止めた唇を再び近づけていく。

それでもやっぱり気のせいではない。コンコン、コンコンと襖(ふすま)が叩(たた)かれるのだから。

「大谷(おおたに)様、起床(きしょう)されているでしょうか。ご予約通りに朝食をお持ちいたしましたが」

「はーい。いま開けますね〜」

紅葉先輩自ら唇を遠ざけると、そのまま部屋の外の仲居さんに返事をする。

「この続きは邪魔の入らない夜に、ね？」

唇に人差し指を当てて、左目でウインクする紅葉先輩。

どこまでも崩れない。昨日の体の震えはどこへやら。まるでいつも通りの先輩じゃないか。

いや、いつも以上かもしれない。俺の気持ちを上手く転がして、それでいていつでも攻守逆転できるような言葉を用意していて、時間が来たらおあずけ。

本当に紅葉先輩には敵わない。力で分からせようとしたところで、結局俺は先輩の手のひらで転がされているのかもしれない。

それならそれで、とても心地よく思えてしまうのだけれど。

だってそうだろう？

転がされている間だけでも、少なくとも先輩の興味が俺に向いているのだから。

「布団の片付けしておきますね」

先輩に好かれ続けたい。それが好意であれ興味であれ、自分に意識が向いている限りそれでいいのだと、新たに決意をしながら朝食の準備を手伝うのだった。

熱を誤魔化すように。自分の中に残る紅葉先輩への膨大な熱量を誤魔化すように。

とても幸せな時間を過ごせた気がした。これが旅行なのだと。これが伊豆なのだと改めて認識する。

いつもの調子で過ごしていたんじゃ、せっかくの旅行が台無しになってしまう。

目いっぱい、旅行を楽しもう。そう考えているうちに、胸の奥にあった熱は自然と収まっていった。

目に映る紅葉先輩が、いつも以上に愛らしく見える。不純な気持ちで見ていないからこそ、愛らしく見えるのだろうか。

「これから、どうしましょうか。昨日みたく近くを散策しますか？」

「孝志くんはどうしたい？　私のワガママで伊豆に来てくれたんだし、こういうときくらい孝志くんもワガママ言ってみようよ！」

「ワガママ、ですか？」

「そ、ワガママ」

急にそんなこと言われても困ってしまう。

朝食前に言われていたら間違いなく、調子に乗って過激なワガママを言ってしまってたかもしれないけれど、生憎今の俺はいたって冷静だ。

本当に紅葉先輩は急だ。急に愛らしくなって、急に美しくなって、かと思えば急に真剣にもなる。

先輩との生活はいつだって急で、それでいて刺激的だ。

だからこそ、恐ろしいことも考えてしまう。こんな日々が急に終わるなんてこともあるのだろうか、と。

だからなのかもしれない。俺がこんなことを言い出したのは。

「――ずっと、ずっと先輩といたいです」

別に今に始まったことじゃない。何度も何度も心の中で考えていたことを、口にしただけのこと。

それなのにどうしてだろうか。先輩は、驚いた表情をしている。

そんなにも予想外なワガママだったのだろうか。それとも無謀なものだったのだろうか。

「えっと、それはワガママじゃないかも」

「そうですよね、流石に無理な願いですものね」

「そうじゃなくて、私も孝志くんとずっと一緒にいたいと思ってるから、ワガママじゃなくて気持ちの確認だなぁって思っただけ」

「――あ」

早とちりをしてしまったのかもしれない。

頬を微かに赤らめる先輩を見て、俺はそう思った。

先輩も俺のそばにいたいと思ってくれている。それが分かった瞬間、嬉しさがこみあげてくる。

もっとそばにいられる。先輩のそばに堂々といていいんだ。

幸福感。先輩といると、何度も幸せに満ちてしまう。

分かってる。俺が先輩にふさわしい男になれば誰だって文句を言わないだろうし、俺だってこんなにも悩まない。

それでも今の俺を先輩が受け入れてくれていることに幸せを覚えずにはいられない。

「ふふ、孝志くんってば固まってる。また写真撮っちゃおうかなぁ～」

「写真は、せめて俺の気がついてないところで撮ってください」

「ふふ、孝志くんの照れてるところ可愛いからなぁ～。どうしようかなぁ～」

本当にこの先輩は。もう少し危機感というものを持ってほしい。

ニンマリと笑みを浮かべているけれど、それはきっと俺が襲ってこないとタカを括っているからだろう。

実際、もう力任せの行動をする気はないけれど、もう少し俺を男として見てほしくもある。

とはいえ、先輩の微笑(ほほえ)んだ顔に俺はとことん弱い。だからこそ、これからもこの笑顔に翻弄(ほんろう)されてしまうのだろう。

それはそれでありなのではと考える。

ずっとずっと、先輩といられるのならそれで。

「それじゃあ、バスでいろいろと回りましょうか！」

一時の幸せ、無窮(むきゅう)の幸せ。考えだしたら止まらない紅葉先輩との幸せを考えている間に、昼間の行動が決まったようだ。

「見て！　カピバラが温泉に浸(つ)かってるよ!!　かわいいね!!!」

「ですね。噂(うわさ)には聞いてたんですけど、実際に見るとやっぱりかわいいです」

「連れて帰りたくなっちゃうね！」

「それは、ちょっと……」

「ふふ、冗談(じょうだん)」

まず足を運んだのは、カピバラ温泉で有名な動物公園。

普通の動物園とは違って、動物たちが檻の中に入っておらず、ほぼほぼ放し飼い状態でゼロ距離で観察することが出来る。

まさに今もその状態で、温泉に浸かるカピバラを目の前にして紅葉先輩はご満悦だ。

そんな恋人につられて俺もご満悦。

じっくりと、温泉に浸かるカピバラをしゃがんで観察する俺たち。大学は結果的にサボってしまっているけど、伊豆に来なかったら、こんな幸せな時間は過ごせなかった。

悠には悪いけれど、やっぱり俺は先輩についてきて良かった。

「きゃっ！」

動物だけあって、行動は予測不能。突然一匹のカピバラが温泉から出たと思ったら、その場でぶるぶると体を震わせる。

「あははっ、あたたかぁい～」

カピバラからの温泉飛沫が紅葉先輩に向かう。

キャッキャとはしゃぐ様子に、嫌悪感は無いのだと見てとれて安心する。

紅葉先輩が嫌な思いをしてない、その一点に関してだけを見れば、安心だ。

「孝志くんももっとこっちおいでよ。かわいいよ～？」

「あの、先輩。カピバラを気にするのはいいんですけど、自分の服にも気を付けてくださいね？　今日の服、真っ白なんですから。その……目のやり場がですね……」

「ん？　あぁ、ちょっとお水飛ばされたものね」

満面の笑みで俺に手招きをする紅葉先輩。

純白のシースルーブラウスに、同じく白のインナー。カーキのロングスカートに掛かる紅葉先輩の真っ赤なサイドテール。

そんな状態の恋人の服が飛沫とはいえ、濡れてしまえば目のやり場に困ってしまうのは当然かもしれない。

白のインナーに濡れた跡が目立つ。シースルー越しに見ると、妙に煽情的。

目を凝らさないと気づかないかもしれないのに、それでも無防備な先輩を誰にも見られたくないという独占欲が湧き出る。

「……これ、使ってください」

「いいの？　寒くない？」

「先輩に注目が行くより全然マシです」

首に巻いていたマフラーを解き、そのまま先輩に渡す。シースルーとはいえ、目を凝らして見える部分には限界がある。

それでも、全てをシースルー生地が覆ってるわけじゃない。胸元やその一直線上は羽織っている構造上不可能なのだから。

せめてそこだけでも隠せられるようにと、自分のマフラーを渡した。

初めこそ戸惑っていたけれど、察しのいい紅葉先輩はそのまま首に巻く。

「どう？　似合ってる？」

「よく似合ってます」

「孝志くんとの共同作業ってやつ？」

「それ意味違いますよ」

ワンポイント的に巻かれた紺色のマフラー。ネクタイのように巻かれたマフラーが先輩の中心線を守っている。

大事そうにマフラーに顔を埋めると、ほんのり頬を赤らめる先輩。

釣られて俺も頬が熱くなる。

匂いを嗅いだのだろうか。それとも温もりを感じているだけだろうか。

どちらにせよ、俺が身に着けていたものを先輩が使っている。ただそれだけで、胸が熱くなってしまう。

「ちなみにだけど、孝志くん？」

「なんですか？」

「何色だった？」

「……赤、ですか？」

「ふふっ、どうだろうねぇ～」

マフラーの下に隠れたインナー。白のインナーが透けてしまえば、一部の色が浮き出てしまう。

それが何か、どうしてその話をするのか、どっちの意図も確認をしない。

確認をしたら負けだ。その代わりに、脳裏に浮かんだ色を口にする。

先輩なら、オシャレな紅葉先輩ならどんな色を身に着けているかを想像しながら。

——先輩は決して、答えを教えてくれることはないけれど。

「食べてるねぇ～」

「食べてますね……」

「美味しいのかな？」

「植物と張り合おうとしないでください」

カピバラ温泉の次にやってきたのは、植物園。しかもただの植物園ではなく、食虫植物や多肉植物などの特徴的(とくちょうてき)な植物が植生している。

今まさに目の前の植物が虫を捕食(ほしょく)している様子を、俺たちは観察している。

緑の外装に、赤い内側。フルーティーな香りを放ちながら、ひらひらと細かな感覚毛が虫を誘い捕(とら)え、栄養を摂(と)る。

日常の中では間違いなく見ることのできない現実に、大学生らしく頷(うなず)き合っている。

もちろん、意識は互いに手をつなぎ合っている恋人に向かっているのだけれども。

「大丈夫、私が食べるのは孝志くんだけだから」

「普通、男性が女性に言うセリフでは？」

「孝志くんが私を食べてくれるの？」

「……まぁ、そのうち？」

「じゃあ、そのうちを楽しみに待ってるね」

どこに行っても紅葉先輩は変わらない。

大学をサボってしまっている事実を気にするどころか、むしろこの旅行を全力で楽しもうとしているのだから本当に紅葉先輩はすごい。

それはそれとして、突然にとんでもないことを口にするのは勘弁(かんべん)してほしい。

まだ昼間だと言うのに、食べる食べられるの話はあまりにも肝(きも)が冷える。

周りの目はもちろん、俺自身がまた暴走しかねない。

昨日の酒は完全に抜けたし、今朝とは違って閉鎖的な空間でもない。そう簡単に昨日の夜や今朝みたいなことにはならないとは思うけれど、暴走しないとも言い切れない。

自分で自分を信じきれないくらいに、先輩のことになると歯止めが利かない。

せめて、この旅行が終わるまで……先輩のお父さんからの答えを聞くまでは精一杯抑えていなければ……。

そんなことを思いながら、ゆるりと植物園を通り過ぎていく。

「それじゃあ、次は博物館に行きましょうか」

「あの、先輩。ちょっといいですか？」

「ん？　どうかしたの？」

バスのフリーパスは便利だ。次から次へと移動しても、追加でお金を払う必要がない。いくらでもバスに乗れるのが魅力的。

それにしても、だ。

「じっくり見てる感じしないですけど、楽しめてますか？」

「……」

「もしかして、何かありました？」

あまりにもペースが早いとそれはそれで不安になってしまうのは、俺の悪いところかもしれない。

何もなければそれでいい。それでも、先輩に何かあるなら早めに知っておきたい。

少しでも先輩の力になりたい。

そのために俺は伊豆にまでついてきたのだから。

「やっぱり、孝志くんには敵わないなぁ～」

紅葉先輩は観念したのか、たは～と笑いながら天を仰ぐ。ゆらりと大きく揺れるサイドテール。先輩の中で隠していた感情の振れ幅を示すように、大きく揺れる。

「正直に言うわね。今日回ったところ、全部小さいときに家族で来たことあるの」

真剣に、鋭く、それでいて整った声で事情を説明してくれる紅葉先輩。

「道理であまり迷わないわけですね」

「小さいときに、散々迷子になったからねぇ～」

「そのときの紅葉先輩めっちゃ気になります」

「ふふ、そのうちね？」

今ではこんなにも凛々しくて美しい紅葉先輩にも、迷子になってしまう幼少期があったと知ると益々愛らしく思えてしまう。

同時に、幼いときの紅葉先輩を少しでも知りたいとも思ってしまう。

先輩がどのようにして過ごしてきたのか。先輩がどんな風にして今の先輩になったのか。

気になってしまえばキリがない。

先輩の言う、そのうちが待ち遠しくてたまらない。

「でね、伊豆に来たのもその関係もあったの。ちょっと頑張れば足を伸ばせる場所が伊豆だったのもあるけど、本命は前者なの」

「先輩にとって、思い出の場所なんですね」

「うん。大切な思い出。お父さんがまだ優しかったころの、とっても大切な思い出」

「先輩のお父さん……幸太郎さんが優しかったころ……？」

口にしてみるも全く想像できなかった。もちろん、父親なのだから娘である紅葉先輩に愛情をたっぷり注ぐのは当たり前だと思うけれど、あのピリッとしている人の優しい姿を想像するのがこんなに難しいとは思わなかった。

幸太郎さんを馬鹿にしているのではなく、それだけ先輩に厳しいという印象が強いのだ。

そしてその厳しさの影に何度も何度も制限をかけられていたから、なおのこと。

けれど今はその厳しさに感謝することもある。幸太郎さんの厳しさがなかったら、きっと紅葉先輩をメチャクチャにしてしまっていたかも知れないから。

そんな幸太郎さんのことを考えていると、隣の紅葉先輩は少しナーバスになっていた。

「本当はもう少し時間をかけて、動物園や植物園を回るつもりだったの」

「もしかして、さっきの電話って俺と同じですか？」

「そ。やんわりと、『とっとと戻ってこないと借りが大きくなるよ？』って脅されちゃった」

「だからちょっと急ぎ気味で見てたんですね」

ははは、そう笑いながらも目の奥があまり笑ってない。

深く考えなくても分かる。先輩はきっと焦ってるんだろう。焦って焦って、それでも先輩なりに理解しようとしてるんだろう。

そんな先輩に俺ができることは少ないけれど、何かせずにはいられなくなる。

「早く解決して帰らなきゃって急いでるのもあるんだけど、やっぱり分からなくて」

「分からない？」

「どうしてお父さんが私に厳しくなったのかって。門限とか、規律とか、そういうの全然なかったのに」

「案外単純に先輩のことが心配なんじゃないですかね？　ほら。門限とかしっかり守っていれば変な男はつかないって聞きません？」

「私、そんな子どもじゃないわよ。流石のお父さんだってそんなことで厳しくしたりしないわよ」

「ですよね。すみません、忘れてください」

たとえ、間違っていても。見当違いな答えでも。同じ男としての思考を、幸太郎さんのもしもとして言葉にしてみる。

もちろん否定されるのはわかってた。否定覚悟の言葉だから、何もショックには思わない。

それ以上に、先輩がずっと暗い表情でいるのが俺には耐えられない。

だから今の行動は間違ってはないと、俺の中では思う。

「ううん。でもありがとう。少し気が楽になった。やっぱり孝志くんは素敵だね」

穏やかな、それでいて儚げな笑顔。

根本的な悩みが解決できなくても、やっぱり先輩には笑顔が似合う。いつもの先輩で、いつもの笑顔で、のびのびとしていてほしい。

少しでも先輩の悩みが軽くなるのなら、俺は何度でも笑顔にさせてみせる。

もっとも、俺がどうこうしなくても先輩の悩みは時間の問題だったとは思うけれど。

だってそうだろう……？

「そうですかね？　むしろ先輩の方が素敵だと思います」

「私が？　どうして？　お父さんに孝志くんとのこと反対されて、反発心で伊豆まで来ちゃうのに？」

「だって反発心って言いながら、幸太郎さんのことを考えるのやめないじゃないですか。さっきもほら、どうしてって言ってましたし」

「それは……ほら、問題をほったらかしにするのが出来ないだけよ……」

「そういうところが素敵ですよ、先輩」

「〜〜〜〜っ⁉」

こんなにも可愛く照れているのだから。

恋人の真剣な表情もいいけれど、やっぱり俺は可愛らしい紅葉先輩が一番好きだ。

間も無くバスは博物館に到着する。

きっと先輩はまた、考え込んでしまうのだろう。

でも大丈夫。そのときはまた先輩に笑顔の花を咲かせてみせる。そのために俺は伊豆にまでついてきたんだから。

「どうでした、博物館。なにか分かりました？」

「ううん、さっぱり。せっかく付き合ってくれてるのに、ごめんね？」

「いいえ。よく考えたら先輩とこうして長くぶらぶらしてデートすること無かったんでとても新鮮に楽しんでますよ」

「同居する前までは門限でデートする時間なかったものね～」

「だから気にする必要ないですよ。俺は俺で先輩とのデートを楽しむので、先輩も先輩で今できることをやってみましょ」

　博物館デートは思いのほか楽しかった。

　博物館というからには重圧的なイメージがあったけれど、紅葉先輩と一緒だったからか実際にはそういったことを感じなかった。

　むしろ、真剣に展示物を眺めて学びを得ている紅葉先輩の凄さを目の当たりに出来て、大満足しているくらいだ。

　先輩としては、本命である家族との思い出のヒントが得られなくて残念だろうけれど。

　それでもやっぱり俺は、先輩とデートできるだけで嬉しいのだ。

　そんなことを考えていると、顔を覗いてくる紅葉先輩。

「なんというか、今日の孝志くんってあれだね」

「あれ？　あれって何です？」

「えへへ。かっこいいなぁって」

「へっ……!?」

頬を赤らめても、真剣な表情は変わらず。それでも口調はデレデレとしている紅葉先輩。

あっ、これダメなやつだ。

本気でダメなやつ。

揶揄いじゃなくて、本気の紅葉先輩だ。

危機感。圧倒的危機感。揶揄われているとき以上に警戒心を強める。

警戒心だけじゃない。できる限り心を固めなければ、本気の紅葉先輩には敵わない。

それくらいに目の前の紅葉先輩は油断できない。

「もちろん、ただの外面的なかっこいいじゃないよ？　立ち振る舞いというか、仕草というか、話し方というのかな？　そういうのがね、スマートでかっこいいなぁって」

胸の奥が熱くなる。自然と頬が上がってしまう。

あぁ、ダメだ。ダメだダメだ。

もう、ダメだ！

本気で先輩のことが好きすぎる!!!

「そ、そんなこと言われても何も出せませんよ⁉」

「あ、いつものかわいい孝志くんに戻っちゃった」

「かわいくてごめんなさいね⁉」

頑張ったのに。頑張って、先輩が考えられる時間を作れるように立ち振る舞っていたのに。

ふとしたきっかけで、もう頭がパニックになってしまった。

先輩のことが好きでたまらない。でも先輩が悩みを解決できるようサポートもしたい。

でもそれでも先輩と色々なことをしたい。

せめぎ合う欲望と理性。とめどなく熱くなる胸の奥。

「大丈夫だよ。どんな孝志くんでも私は大好きだから」

極め付けに先輩の追撃。

もはや考えることさえ放棄してしまいたくなる。

外だとか、人が見てるとか関係ない。好きな人を好きなだけ愛したくなる欲望。

困らせたくない。先輩の心労を増やしたくない。先輩がしたいときに応えられるよう心掛ける理性。

均衡。せめぎ合う理性と本能。

「……」

俺も好きだ。先輩のことが好きで好きでたまらない。

それなのに言葉にすることができない。言葉にしてしまったら最後、止まれる気がしない。

「ふふっ、照れて言葉にできない？」

相変わらず頬が赤い紅葉先輩。それでも対応はいつも通り。

いつもみたいに、紅葉先輩が微笑む。

いつも通りじゃないのは俺。俺がいつもみたいに先輩を見られない。

まるで初めて先輩に恋心を抱いてしまったときのように。

あぁ、好きだ。好きで好きでたまらない。

それなのにどうしても。どうしても言葉にできない。

今の胸に秘める言葉を口にして、もし間違ってしまったら取り返しがつかない気がしたから。

「……っ！」

だから俺は無言を貫いた。

辛い。何も言葉にできないのが辛い。伝えたい感情を適切に言葉にできない自分の語彙力が悔しい。

それでも悲しいかな、腹の虫は空気を読まない。

「お昼でも食べましょうか」

「……ですね」

結局、俺は先輩への燃えたぎる感情を明かすことなくお昼を迎えることになった。

「ねぇ孝志くん、ちょっとくらいいいよね？」

「ダメですって先輩。まだお昼ですよ？」

「いいじゃないない、お昼から堪能したって。それに孝志くんだって興味あるでしょ？」

「興味がないわけではないですけれど……」

「うふっ。緊張してる？」

「そりゃ、初めてですから」

「大丈夫だよ孝志くん。私がしっかりと見ていてあげるから、ね？」

「……っ！」

「それじゃあ、イイよね？」

「今回、だけですよ」

「そういうことにして、ア・ゲ・ル」

現在はお昼時。

頬の熱さは残ったまま、俺と紅葉先輩は手を繋ぎ合ってとある一点に意識を集中する。

手を繋ぎ合っていても意識まで繋がっているとは限らない。

あることをしたい紅葉先輩。時間帯的にまだ早いと説得したい俺。

けれど、口ではまだ早いとはいっても興味がないわけではない。見事に紅葉先輩は弱いところをついてくる。

当然、先輩に弱いところをつかれた俺になす術なんてものはない。

ただただ先輩のしたい方へと流されていくだけ。

紅葉先輩に振り回されるのは、嫌いどころか好きだと言い切れてしまえる。

「すみません、生ビールの天城越えと甘夏スパークリングのグラスを一つずつくださーい！」

たとえ昼間から飲酒することになったとしても――。

「なんか、どっと体力を持ってかれた気がしますよ」

「まだお昼だよ～？」

「お昼に濃いやり取りしたからですってば」

「の割には結構ノリノリだったと思うけど？」

「そりゃ、先輩とのやり取りは楽しいですから。ついついノっちゃうんですよ」

「へ、へぇ～？」

昼酒を飲むことが決まってても俺は先輩の手を離さない。テーブル越しに握る恋人の手がこんなにも柔らかいものだとは思いもしなかった。

普段と変わらない。いつも通り。きっとそう思う人もいるかもしれない。

けれど、少なくとも俺にとって先輩とすること全てが新鮮で真剣だ。どんなことにもドキドキするし、緊張もする。

悪ふざけでも、イチャイチャでも。

そして何より、先輩の一部始終を見逃したくない。

例えば、そう。目を逸らしながら頬を赤らめて、恋人が笑みを溢す瞬間とか、ね。

「もしかして、結構照れてます？」

「照れてなんかないわよ？」

「じゃあ髪で顔を隠さないで、こっち向いてくださいよ」

「……今はちょっと」

「じゃあ俺がそっち側行きます」

「あ、ちょ――――」

相変わらず手は離さない。紅葉先輩は離したがっているけれど、指を絡めて逃さない。

こんなチャンス逃すわけがない。

ゆっくりと、ゆっくりと机を回り込む。机の角を曲がってまた一つ曲がって、先輩のそばに近づく。

まるでダンスをしているように、半円を描きながら先輩に近づく。

やがて、俺と先輩の間に邪魔なものがなくなる。

そうなればもう取る行動は一つ。

「めちゃめちゃ照れてる先輩かわいいです」

「～～～っっ!!!」

空いているもう片方の手を先輩の頬へと伸ばし、今一番かわいい恋人を見逃さないことだ。

もちろん先輩はいつだってかわいいし美しい。

それは変わりようのない事実だけども、その可愛さと美しさの比率はその時その時によって違う。

その違いを俺は余すことなく堪能したいのだ。先輩の全てを知りたいのだ。

結局、俺は先輩のことを独り占めしたくて堪らないのだ。先輩がスマホを見てもいいと言ったのに躊躇ったときだって、心中穏やかじゃなかった。

知りたくないわけがないじゃないか。大好きな先輩のまだ見ぬ一面を知りたくないわけないじゃないか。

でも、それ以上に先輩には知られたくないんだ。

「ほ、ほら！　そろそろビール来るから!!　乾杯の準備しよ!?」

「安心してください、ちゃんと先輩のかわいい姿見守っていますから」

「ううう〜〜〜っ!?」

どうしようもなく、かわいい先輩を誰にも見せたくないほどに、独占欲が強いことを。


「くあぁぁ……っ!!!」

天城越え。この名前を聞いて、俺は演歌を思い浮かべた。

歌声に抑揚がありながらも、ガツンと響くコブシ。それでいて味わい深いコクが伸び広がる。

そんなイメージを持ちながら、一口飲んだ結果が今の唸り声である。

美味い。間違いなく美味い。

メニューの説明にもあった通りの高い度数もさることながら、口いっぱいどころか、喉や鼻いっぱいに濃い麦の味と芳醇な薫りが広がる。

天城。静岡県の端、伊豆半島を南北に分ける天城連山の総称。

そんな峠を越えたかのような達成感を得られる喉越しが癖になってしまう。伊豆のクラフトビール『天城越え』にめっぽう魅了されてしまっている。

そしてそれは紅葉先輩も同様だった。

「んん〜〜〜っっ!!」

伊豆名物『甘夏みかん』をふんだんに使ったリキュール、その名も『甘夏スパークリング』。

名前通りのお酒に、酸っぱそうな表情の紅葉先輩。思わずこっちにも酸っぱさが移ってしまいそう。

「んぐ……んぐ……っ！」

酸っぱそうにしていてもゆっくりと、それでいてしっかりと飲み進める紅葉先輩。

一杯目でいち段落してしまっている俺とは違い、やっぱり紅葉先輩はお酒を飲み慣れている。

「んひゃぁぁ～～っ!!　酸っぱ～～いっ!!」

嬉しそうな悲鳴をあげながら紅葉先輩がグラスから口を離す。

彼女の口の端には黄金色の煌めき。薄桃色の唇と交わって、それはもう触れてみたい美しさに変貌する。

もちろん、今はまだ昼間。ふらりと寄ったファミリーレストランには観光客は少ないながらも、地元の家族は当然いる。

そんな中でイチャイチャすることは流石にしない。紅葉先輩の無防備な姿は誰にも見せたくないから。

その分、目に焼き付けるけれども。

「あの孝志、くん?」

「なんですか?」

「ちょっと近くないかなぁって……」

「気のせいですよ」

「そうかなぁ～?」

気のせいじゃないことは俺が一番よく知っている。

もう少し距離を詰めれば鼻息が当たってしまうかもしれない距離。横並びに座り一層近くなった距離をこれでもか、これでもかと縮めていく。

そのまま頬を赤らめる紅葉先輩の様子を観察しながら、『天城越え』を口に含んだ。

「んん……っ‼　昼間に飲むビールは最高ですねっ！」

普段はポッチーや料理と一緒に楽しむお酒だけど、今回ばかりはそういうものがなくてもグビグビ飲み進めてしまう。

間違いなくそれは、普段とは違って押しに弱い紅葉先輩があまりにも可愛すぎるからだろう。

「なんというか、今日の孝志くんは積極的だね。今日というか、伊豆に来てからかな？」

「そうですかね？　……いや、そうかもしれないです」

「ちょっと妙な間があったけど大丈夫？」

「軽く自暴自棄になっただけですから、大丈夫です」

「それは大丈夫じゃないかもしれないけど……」

先輩の言葉を否定しようにも、自覚がありすぎた。

積極的。先輩にそう思われるほどに、伊豆旅行中の俺は本能任せになりがちだ。

酒の勢い、雰囲気の流れ。そんな言葉で誤魔化せるレベルじゃないことを、俺が一番よく知っている。

先輩は明るく振る舞っているけれど、泣かせてしまった事実は変わらない。

だからこそ、戒めとしての自暴自棄なのだ。

万が一にも取り返しのつかないことが起こらないように。

自己の行動に反省をしていると、ふと先輩が人差し指をこめかみに当ててポツリと呟く。

「でもそうね。伊豆に来てからお互いにちょっと変かもしれないわね。孝志くんも、私も」

「先輩が変な感じはあんまりしないですけど、何かあるんですか？」

「ふふ、それ聞いちゃうの？」

「……？」

ちょっぴり困ったように、でも楽しげに笑う紅葉先輩。

伊豆に来て、どこか気の抜けているところはあるなとは感じるけれど、変だと思うほどでもない。

むしろ伊豆の姿が自然体なんじゃないかと錯覚してしまうほどに、今の先輩は輝いて見える。

輝いて、煌めいて、際限なく心臓が跳ね上がってしまう。

先輩は分かっているのだろうか。今、俺がどれだけ心臓をバクバクさせているのかを。

先輩は分かっているのだろうか。今、俺がどれだけ理性で抱き着きたい本能を抑え込んでいるのかを。

きっと分かっていないのだろう。いや、分かっていてもきっと先輩には関係ないのだろう。

そうでなければ、ゆっくりと耳元に口を近づけてくるわけがないのだから。

お酒を飲んでいるからか、ちょっぴり整わない呼吸。仄かに赤らんだ頬に、蕩けた瞳。

「いつもよりね、孝志くんを味わいたくて仕方ないの」

「あ、味わうって――っっ!?」

「思ってた通りの反応、ありがと……」

昼間とは思えないほどの、刺激的な言葉に思わず息を呑んでしまう。

それだけでは収まらず、耳の奥にも響いてしまいそうな柑橘風味の甘い吐息。

あぁ、もう。どうして先輩はこうもかわいいんだろうか。

それでいてその後はなんでもないように「ふふっ」と笑うのだから、本当にもう。

「なんでもないように振る舞ってるけど、普段以上に気持ちの制御が大変よ～？　孝志くんの負担になりたくないのにさ～」

「負担って。そんなこと考えるわけないじゃないですか」

「そうかなぁ……」

「そうですよ。いつもの先輩も、考え事をしている先輩も、どっちも俺の大好きな紅葉先輩ですもの」

「あはは、孝志くんらしいね。でも……うん、ありがとうね。大好きだよ」

「俺も大好きです」

「ふふ、知ってる」

負担だなんて思うわけがない。むしろ俺が先輩の負担になっていないか心配になってしまう。

いや、仮に。仮にだ。先輩が負担になったとしてそれがどうしたっていうんだ。俺が負担に耐えられるように強くなればいいだけの話じゃないか。

どちらにせよ、俺にとっては先輩が遠慮することなんてない。

むしろ俺が先輩の負担になってないか益々不安になってしまう。

先輩にもどかしい思いをさせていないか。独りよがりな思いが先輩の重荷になっていないか。

そんないつも抱えている不安がじんわりと口元まで襲ってくる。

それでも。それでもだ――――。

「それで？　積極的な孝志くんはこれから私をどうしちゃうのかなぁ？」

「どうしてほしいですか？」

先輩の愛らしい表情を歪ませたくない。楽しい時間を俺の不安で壊したくない。

いつものように不安を呑みこむ。また心の奥底に押し込む。もう二度と表面に出てこないことを願いながら、強く強く。

同時に、ちょっぴり強気な自分を前面に出す。もっともっと可愛らしい先輩を見たいがために、いつも以上に張り切ってしまう。

「ん～、何されてもいいけど、一つだけ」

さっきまでの赤面はどこへやら。余裕そうにニッコリと微笑む紅葉先輩。

「周り、結構注目してるけど大丈夫？」

「え？」

紅葉先輩の指がくるくる回る。指の動きに釣られるように周りを見回す俺。

視界に飛び込む、無数の視線。好奇の視線。興味の視線。嫌悪の視線。応援の視線。

さまざまな視線が俺たちに向けられている。普段なら真っ先に避けそうなものを、今回ばかりは全く気づかなかった。

やっぱり、伊豆に来てからというもの普段とはまるで違う。

その分、普段とは違う紅葉先輩を見られているのだけれど、今回は失敗してしまった。

「あー……全然気付きませんでした……」

「だと思った。っていう私も、ついさっき気が付いたんだけどね。孝志くんにどんなことされてもいいけど、周りに迷惑かけるのは流石に、ね？」

どうやら先輩も考えることは同じのようだ。俺にどんなことをされても、という言葉はあまりにも魅力的だけれど今回はそれどころじゃない。

あまりにも周りの視線が多すぎる。

そしてそれは周りの客からだけでないのが、また辛いところ。

「お待たせしました。ご注文の料理をお持ちいたしまし……た……？」

料理を運んできた女性店員さんと目が合う。というよりも、キョロキョロしている店員さんとたまたま目が合っただけなのだけれど。

とはいえ、戸惑う理由はよく分かる。

わざわざテーブル席だというのに隣同士で座っているだけにとどまらず、今にもキスをしてしまいそうな密着距離。

程よく赤面していて、傍にはほどほどに飲み進められた酒類。

しまいには周りからの視線。これで気づけないほどの店員さんじゃないだろう。

つまりはまぁ……幸せな時間は一旦終わりというわけだ……。

「食事まで届いちゃったし、続きはまた今度かな」

「……ですね」

俺は返事をしながら対面の座席に戻った。

「わかりやすく残念そうで、かわいいね」

「そりゃまぁ、先輩とイチャイチャできるって思ってたんで」

本音を溢す。今更隠すことでもない本音を惜しげもなく溢す。

先輩はニコリと笑う。可愛く笑い声を溢したり、揶揄うことなく、ただじっと見つめてニコリと笑う。

本当、こういうときの紅葉先輩は美しくてかなわない。

「でもそうですね、次はちゃんと周りを見るようにしないと」

「孝志くんがその気ならいつでもいいんだけど？」

「いえ、わざわざ紅葉先輩の無防備な姿を他の人に見せたくないんで」

そんな美しさを他の人になんて絶対に見せたくない。美しさが綻んで、可愛らしさやその奥底に隠れているちょっと抜けている紅葉先輩を誰かに見せるなんてことをしたくない。

そのためなら、一瞬の残念さなんて痛くない。

「……本当に、今日の孝志くんは積極的ね」

運ばれた料理を並べている最中、先輩がボソリと呟いていたけれど俺が返事をすることはなかった。

聞こえないフリをしていないと、またさっきまでの繰り返しになってしまうから。

「ね、最後にもう一度博物館見て帰っていい？」

「博物館だけと言わず、先輩の気になるところ全部行きましょう」

「ふふ、ありがとう。それじゃあ歩き疲れたら孝志くんにおんぶして連れてってもらおうかしら」

「先輩が望むなら、いくらでも」

「お礼にいくらでもお尻触っていいわよ？」

「先輩に頼られるだけで十分にお礼になってますって」

「触りませんっ！　って否定はしないんだね」

「そりゃまぁ……俺だって男ですから……」

食事処を出るや否や、紅葉先輩に揶揄われる。どうやらいつもの調子に戻りつつあるようだ。

照れの多い紅葉先輩もいいけれど、やっぱり俺は伸び伸びと楽しんでいる彼女が好きだ。

真剣な顔をして、時々揶揄って、それでもきちんと俺の気持ちは受け止めてくれる。

そんなちょっぴりセクシーな恋人が好きで好きでたまらない。

女性への好みとして紅葉先輩が好きなのではなく、人として先輩のことを愛している。

きっと紅葉先輩が男性だとしても、俺は惹かれてしまうのだろう。

それほどまでに、紅葉先輩の内面に惚れてしまっている。

……もちろん、先輩の容姿はドストライクで好みでもあるのだけれど。

「でも孝志くんは他の子たちとは違うよね。ちゃんと本音を隠してるのがエラいと思う」

「本音、ですか?」

「そ、本音」

もう一度博物館に行くべく、停留所でバスを待つ先輩と俺。その最中、先輩はふと、思い出したかのように語り始める。

俺はそんな彼女の言葉を、ただ聞くことに専念する。紅葉先輩の遠くを見つめる瞳に自ずと、そうしてしまう。

「大学の男の子たちの大体は、欲望を隠してないのよね。そりゃ年頃っていうのは分かるけど、露骨なのは、ね？」

どこか遠くを見ながらも、ギュッと俺の手を握る紅葉先輩。

先輩の言葉にドキリとしながらも、口をキュッと噤む。

今はまだ、口出しするところじゃないと、自分に言い聞かせながら。

すると、握っていた手を一瞬離されたと思った瞬間、グイッと腰を先輩に寄せられていく。

「その点、孝志くんはちゃんと欲望はあっても、私を私として見てくれてるじゃない？　もちろん、女として見てるときもあるのは知ってるけど、それ以上に私のことを尊重してくれてる」

「欲望って、もうちょっと言い方が」

「あはは、ごめんごめん。でも、女の子はそういうのよく分かると思うよ。あ、今私女として見られてる、って。もちろんそれが、愛すべき対象としてなのか、ただの欲望からくるものなのかを含めてね」

分かりやすい先輩からのアプローチに俺は思わずボソリと言葉をこぼさずにはいられなかった。

確かにストレートに言葉にすると欲望にはなってしまうけれど、もっとこう他の言い方も先輩には出来ると思う。

それでもあえて紅葉先輩が欲望という言い方をしたのは、彼女の中で思うことがあるのだろう。俺が知っている限りでも、よくわかる。

だからこそ、いまそれが爆発しているのだろう。

俺が出来ることは限られている。限られている中で、俺は全力で対応する。

どんなことを聞かれても誠心誠意で、対応するつもりだった。

だというのに、肝心の先輩はふむふむと考え込んでいる。

「……あぁ、そっか。そういうことだったのね……」

「紅葉先輩？」

どこか一人で納得する紅葉先輩に、俺は不安にならずにはいられない。

先輩の悩みが解決するのは嬉しいけれど、ふと解決されてしまうと寂しさを覚えてしまう。

俺が解決したかった。先輩の役に立つことを示したかった。

そんな浅ましい自分がいるのを自覚する。

「分かったかも……」

「分かったって、何がです？」

「お父さんがどうして私に厳しくなったのかが、分かったかもしれない！」

嬉しいのに。先輩が悩みを解決したときの嬉しそうな表情に心は昂っているのに、自分のエゴが胸を締め付けてしまう。

――先輩の役に立ちたい、と。

「あの、博物館に戻らなくていいんですか？」

「うん。もう大体分かっちゃったし、そこに行ったからどうこうって話じゃなかったわ」

再びバスの中。先輩はさっきまでの悩んでいるときとは違い、ちょっぴり澄んだ表情をしている。

普段の美しさに理知的な一面が加わり、隣に座っているだけでドキドキしてしまう。

さっきまでの懺悔はどこへやら。すっかり俺は、大好きな先輩の隣にいることに幸せを感じてしまっている。

もちろん、忘れたわけじゃない。先輩のことを心の底では応援しきれていなかったことを忘れられるほど、先輩のことを軽んじているわけじゃない。

でも。でも、だ。

俺のことよりも、まずは先輩の問題を解決することが最優先だ。

何のために伊豆に来たのかを今一度、思い出そう。先輩が幸太郎さんと向き合えるようにするために来たんだろう。

その先輩が、今スッキリした表情をしている。

だったらそれでいいじゃないか。先輩が幸太郎さんと向き合えそうな雰囲気を出している。

それが全てだ。

俺がやらかしてしまったことは、先輩のいないところでひっそりと反省しよう。

せっかくの楽しい雰囲気は壊したくないから……。

「もちろん、さっき動物園や博物館に寄ったおかげで思い出せたものもあるけど、今はひとまず旅館に戻りましょうか」

「そろそろいい時間ですものね。チェックアウトもまだですし」

気が付けば、博物館や動物園も通り過ぎ、もう間もなくして拠点(きよてん)である伊豆高原駅へと到着(とうちゃく)。

このまま荷物を取りに旅館に戻り、そのまま俺の部屋へと帰るのだろう。

俺はそう思っていた。

「う……っ」

紅葉先輩が変な声を出してピタリと固まるまでは。

「……紅葉先輩？」

「あーそのことなんだけどね？」

「はい」

「帰るの、明日の朝にしない？」

「……というと？」

「え、えへへ……」

硬い笑顔。どこかぎこちなく笑う紅葉先輩の言葉を待つ。

神妙な面持ちではなく、でも気楽そうなものでもない。

そこにあるのは、どこか気まずいような一世一代の勇気を出しているようなそんな表情。

一年とちょっと前。先輩と初めてデートする前日の俺を思い出す。

好きな女の子とデートどころか、長く一緒にいることすらなかったあの頃の俺を思い出す。

ドキドキして、ハラハラして、そしてそれ以上に相手のことが気になって仕方ない。

楽しんでもらえているだろうか。つまらない男だと思われていないだろうか。

そんな、今と変わらない感覚を持っていたことを思い出す。

そして今、まさに先輩がかつての俺、今の俺と同じような表情をしているのだから、気になって仕方ない。

「最後に混浴入って帰りたいなぁ～なんて思って、延長しちゃってるのよね、実は」

「へ……っ⁉」

「どうかな？」

「どうって……自分の言ってること分かってます、よね？」

「うん、よく分かってる。孝志くんが何の心配してるのかもよく分かってる」

分かっていても、紅葉先輩は言葉にすることをやめなかった。

分かっていても、紅葉先輩はアプローチをやめない。

やや赤面しながら、ぎこちなくしながら、腰をキュッと密着させてくる。

あぁ、ダメだ。ダメだ、ダメだダメだ。

こんなことをされてしまったら、いざというときにどんなことになってしまうのだろうか。

振りほどかないと。今はまだダメだと振りほどかないといけないのに、意志と反して俺も彼女の体を抱き寄せてしまう。

「真面目な孝志くんのことだもの。ダメっぽそうな反応は分かってたわ。それでもやっぱり、私は孝志くんと混浴がしたい。孝志くんと、誰も邪魔してこない空間でできる限りイチャイチャしたい」

まっすぐな先輩の瞳を正面から見てしまえば、もうどうしようもない。

気持ちをまっすぐに伝えてくる先輩に、俺は特に弱いのだから。

それでももちろん、譲歩できないものもある。

「……ちゃんと、俺がダメって言ったときは止めてくださいね？」

「それはちょっとできないかも」

「そこはせめて承諾してください」

一線を越えるつもりはない。まだ一線を越える立場じゃないのは重々承知している。

特に、幸太郎さんから交際を反対されている今の状態ならなおさらだ。

もちろん幸太郎さんを説得して、紅葉先輩の恋人として認めてもらうつもりではあるけれど、今はまだ認めてもらってないのが現状。

そんな状況で紅葉先輩が混浴をしたいと言ってくるのだから、当然セーフティーネットを仕込まないと自分の身が危ない。

紅葉先輩のことは大事だけれど、紅葉先輩の周りの人に認めてもらうことも俺にとっては大事だ。紅葉先輩に変に飛び火しないようにするためには、周りとの良好な関係が不可欠だからだ。

それだというのに、肝心の紅葉先輩が難関すぎる。

「無理よ。孝志くんのこと好きすぎるんだもの。我慢できる自信ないわ。もちろん、精一杯頑張るけど、無理かもしれないのが本音」

「それはまぁ……わかりますけども……」

「ね？」

先輩の言い分は分かる。伊豆旅行中に何度も紅葉先輩を襲っている俺だからこそ、痛いほどに分かる。

そうだからこそ、一緒に乗り越えてみたくなる。

先輩も一緒。ただただそれだけで、俺は何でもできそうな気になってしまう。

全力でイチャイチャしながらも、一線を越えない自信がみなぎってくる。

「それでも、ちゃんと我慢してみましょ？　一線を越えないように、頑張りますから」

「とか言って、我慢できないの孝志くんじゃゃないの〜？」

「……さて、どうでしょう」

「ま、ぜ〜んぶ、お風呂でわかっちゃうから、隠しててもいいんだけどね」

間もなくして、バスは伊豆高原駅に到着する。

夕焼けが眩しい。

陽が落ちかけているというのに、俺の心は徐々に燃え上がってしまっている。

自重しようと決めたのに。残りの伊豆旅行は、先輩のために使おうと決めたのに。

結局、俺は自分自身で伊豆を楽しもうとしているのだった。

もっとも、伊豆というよりは伊豆で開放的な紅葉先輩を堪能しようとしているのが正しいのかもしれないけれど……。

◇閑話◇

孝志くんに何度助けられただろうか。

孝志くんに何度励まされただろうか。

孝志くんがそばにいなかったら、私はきっと崩れていただろう。

心の底から私は孝志くんに感謝する。感謝せずにはいられない。

大好きな人がいたから、大好きな人がそばで支えてくれていたから、私はお父さんを嫌いになり切らずに済んだ。

お父さんが厳しくなってしまった理由がなんとなくわかった気がした。

これも全部、孝志くんがいてくれたおかげ。だから、精一杯の恩返しをしないと、だよね？

「すみません、今日って貸切風呂空いてますか？」

「貸切風呂のご予約ですね。少々お待ちください」

旅館に戻るや否や、私はフロントスタッフに尋ねる。

貸切風呂が無理だった場合は、室内風呂での混浴になるのだろうか。

いや、それは孝志くんの部屋に戻ってからでも出来ること。

それに、一足先に客室に戻ってソワソワと混浴の準備をしているだろう孝志くんに申し訳が立たない。

口では遠慮していても、孝志くんがそういう期待をしていなかったとは思えない。

昨日、そして今朝の孝志くんを見て私はそう確信している。

何も期待をしていない人が、押し倒したりしないものね。何の脈略もなくキスしたくなるわけないものね。

この旅行中、孝志くんが男性であることを私は何度も再認識してしまった。孝志くんが男の子だっていうのはもちろん分かっていたけれど、さらに凶暴性を秘める男性だとはあまり感じていなかったのかもしれない。

優(やさ)しい孝志くんだから。私の好きになった男の子が、他の男性と同じな訳がない。

そう心のどこかで決めつけてしまっていたのかも知れない。

実際は全く違うのに。同じ男性でも、孝志くんはいつも私のために本能を押し殺してくれている。今日だけでも何度も、何度もその感じはあった。

あぁ、私は守られているんだな。心の底から、孝志くんの優しさを覚えた。

それと同時に、お父さんと険悪になるまでにも同じ感覚を味わっていたことを思い出す。

守られていたんだと。お父さんに、そしてお母さんに、私は守られて生きてきたんだと自覚させられた。

孝志くんがいたから、自覚することができた。

だから、今晩は全力で孝志くんに恩返ししたい。全力で孝志くんにご褒美(ほうび)をあげたい。

「お待たせいたしました。貸切風呂、今晩でしたらどの時間でもご利用可能です」

「じゃあ、今から二時間くらいでお願いします」

「かしこまりました。準備いたしますのでお部屋にてお待ちくださいませ」

舞台(ぶたい)は整っている。とても、とても絶好の舞台が。

あぁ、素敵(すてき)だ。今から孝志くんとするだろうことが、とてもとても素敵だ。

ドキドキしてしまう。

さっきまでとは違うドキドキが鼓動を速める。

緊張感から来るドキドキでも、早く問題を解決しなきゃいけない焦りから来るものでもない。

とてもシンプルなもの。何度も何度も経験しているドキドキ。

好きな人と、誰にも邪魔されない空間で、遠慮なくイチャイチャ出来るのだからドキドキせずにはいられない。

イチャイチャしている途中で食事が運ばれてくることもなければ、周囲の人が見てくることもない。

十分に時間もとれたし、今度こそ十分にイチャイチャすることが出来る。

「……ふぅぅ」

いざ、舞台が整っていることを自覚すると急激に襲ってくる緊張。

どんなことをしよう。孝志くんとどんなイチャイチャをしよう。

どんなことをされるのだろう。ずっと我慢してくれている孝志くんがどんなイチャイチャをしてくるんだろうか。

お風呂。温泉。混浴。ただそれだけでとても興奮してしまう。

「ちょっとだけ、気持ち整えないとやばいなぁ、これ」

孝志くんの暴走を気にする前に自分が暴走してしまわないか、心配になってしまう。
もちろん、それでも混浴を止める気はないのだけれども。

「……後悔してる？」

夕陽が差し込む露天風呂に響く、恋人の声。

掛け流しの露天風呂から溢れ出る湯の音なんて全く気にならない。

気にする余裕すらない。

表情はにやけてたまらないし、緊張して肌がピリピリする。反して腹の奥が熱い。

「いえ、むしろこれまで以上に伊豆へ来てよかったと思ってます」

「私も、だよ。まさか孝志くんと混浴するなんて、夢のようだもの」

また腹の奥が熱くなる。

目の前には、バスタオル一枚だけに包まれている愛しの紅葉先輩。

普段は束ねている髪が解かれ、腰あたりまで紅色の髪先が伸びている。

「ほら、もっとこっち来て？　体、洗ってあげるから」

一足先に露天風呂へときていた紅葉先輩は、木の椅子に腰掛けたまま俺を手招きする。

おいでおいで、とまるで蝶を誘き寄せる花カマキリのように。

きっと、近づいてしまえば最後、先輩が満足するまで解放されることはないのだろう。

分かっていても、俺は歩みを止められない。求めてしまう。先輩にどんなことをされてしまうのかと、期待してしまう。

「ふふ……」

微笑む先輩。甘い蜜の香りに誘われて、ふらふらとやってくる獲物をいつ捕えるかを楽しみにしているかのように笑みが溢れる先輩。

ドクン。

胸が高鳴る。腹の奥がさらに熱くなる。

どうしたって紅葉先輩には逆らえないのだと、体が知ってしまっている。

あぁ。ダメだ。頬が緩んでしまう。

まだ何もされていないのに、もう満足してしまっている。

近づく度に、バスタオルに隠された紅葉先輩のたわわな胸の輪郭がハッキリしていく。

普段はしっかりとガードされている胸元も少しのトラブルで完全に露わになってしまう。

そんな中でも、先輩はいつもと変わらないように、いつものちょっぴり過激なイチャイチャと変わらないような表情をしている。

けれど、よく見れば全てがいつも通りではないのも分かる。お風呂だというのに、先輩の口紅はついたまま。リラックスどころか臨戦態勢なのが伝わってくる。

こっちもつられて、気が引き締まってしまう。

もちろん、先輩とのイチャイチャを期待してしまうのだけれど。

「……お手柔らかにお願いしますよ？」

「はいは～い」

先輩の甘い掛け声と共に、俺も椅子に腰かける。

座る位置は先輩の前。彼女に背中を向けて、少しでも気持ちを整えようと試みる。

バスタオル姿の先輩はとても魅力的だけれども、ずっと見ているのはそれはそれで毒だ。

先輩を長く見れば見るほど、鼓動は加速し、際限なく腹の熱が高まるばかり。

先輩にドキドキしてしまうのはいつものことだけれど、今回ばかりはその熱量がいつもの比にならないくらい大きすぎる。

そして当然、いつまでも自分の中で収まる熱量じゃないのも分かってしまう。

だからこそ、暴発してしまう前に一度気持ちを整える必要があった。

熱を下げる必要があった。

そうでなければ、先輩との混浴を堪能するなんて夢のまた夢だ。

俺だけが満足するのではなく紅葉先輩も一緒に満足しなければ、せっかくの混浴の機会がもったいない。

……もちろん、最後の一線を越えないこと前提ではあるのだけれども。

「ん～？　こっち向いてくれないの～？」

「今はちょっと勘弁してください……」

「理由教えてくれるならいいよ～」

いつものように今回も俺は先輩に揶揄われるようだ。

今の俺には揶揄いを受け止める余裕なんてないというのに。

「あぁぁもう!!　今、前の方が大変なことになってるんですよ!!」

「あ、ぁあ。そういうこと」

言ってしまった。とうとう言ってしまった。

感じる。背中越しに熱い視線が注がれているのが分かる。

だからと言ってすでにタオルで隠してあるものをさらに隠して、変に揶揄われてしまうのは避けたい。

結局俺は、熱い視線を注がれていることが分かっていても無抵抗のまま、先輩の気が済むのを待つことにした。

「じゃあ、前じゃなくて背中を意識しなきゃ、だよね？」

「え、背中……？」

「えいっ！」

ふにゅん。

「――――っ⁉」

先輩の掛け声と共に、背中には柔らかな衝撃。仄かなに魅惑的な香りと、漏れ出る吐息にまた熱をあげる。

「ほらほら、もっとこっちに意識向けて～？」

耳の横でぽそりと甘い囁き。魅惑的な香りが強くなる。昨日今日で何度も狂わされた、あの香水の匂いだ。

背中に意識を向けろというものの、例の匂いでより強烈に前方に意識を向けてしまう。

そう思ったのも束の間。背中に違和感を覚える。

「ちょ……っ！　先輩、これって……っ‼」

「んん～～？」

先輩は惚けた声を出すけれど、絶対に分かっているときの声だ。先輩と同居を始めてまだ日は浅いけれど、その分濃厚な時間を過ごしてきた。

だから分かる。先輩は何かを企んでいる、と。

もちろん、俺にとって都合の悪いことじゃないのも分かっている。先輩が何かを企むのは、俺を揶揄うときだから。

そして今も……。

「ん～、どうしたの孝志くん。何か言いたいことあったんじゃないのぉ～？」

「ちょ、押しつけるのは……」

「だってこうしないと、孝志くん前の方ばっか気にしちゃうじゃない。もっと私を見てほしいのに」

「――――っ！」

背中に感じる温かくも柔らかい母性。

構って。もっと私を構って。そう言わんばかりにむにゅむにゅと背中に胸を押しつけてくる紅葉先輩。

その柔らかな攻めに、バスタオルの感触は無い。乾いた布どころか、湿った布の感触も無い。

ただただ、素肌と素肌がこすり合わされている感覚が、背中に伝わってくる。

「はい、ぎゅ～っ」

「背中の圧、やっぱ……っっ！」

腋の下から腕を回され、後ろから抱きつくように柔らかな胸を背中に押しつけられる。

そして答え合わせをするように、先輩の手にはバスタオルが握られていた。

「あの……先輩、これって……」

「あは、バレちゃった」

悪びれもせず先輩はまた胸を押しつける。

むにゅっとした感触とは別に、にゅるにゅると艶かしい滑らかさもある。

これに分からないと、俺はとぼけることなんてできない。

とぼけられたら、なんと楽だったことだろうか……。

「バレないわけないいじゃないですか……。いきなりこんな大胆なことして、本当に歯止めが利くんですか……？　ものすごく心配なんですけど」

「歯止めは、孝志くんが利かせるんだよ～？」

「ちょっと話が違いますよ!!?」

「ん～～？　私は出来たらするね～って言っただけで、歯止めを利かせる約束はしてないもの～」

「なんていう屁理屈を……っ!!」

「だってそうしないと孝志くんと全力でイチャイチャ出来ないと思ったから〜」

魅惑的な時間が続く。

洗い場に姿鏡が設置されてなかったのだけは幸いだ。

だってそうだろう。先輩に今の俺の顔を見られるわけにはいかないのだから。

先輩のいうように前方に意識を向けることは無くなった。それほどまでに背中の圧が至福だからだ。

けれど、それと同時に今まで俺が守っていたものが、石鹸の泡と共に洗い落とされている気がしてならない。

理性が壊れても守りきってきたもの。お酒に酔っても崩れなかったもの。

最後の、俺と紅葉先輩の誠実な付き合いを守る一線が、ゴシゴシと洗い落とされている気がしてならない。

きっと先輩はそんな気はないのだろう。当たり前だ。先輩だって最後の一線のことをちゃんと意識しているのだから。

それでも今、こうして大胆な行動をしているのは、それだけ先輩に我慢をさせていたということなのだろう。

だからこそ、先輩の我慢が伊豆旅行で弾けたのかもしれない。

「いいですよ。やりましょうか、全力で」

「ん？」

「俺も全力で、イチャつくことにしました」

「それは、楽しみだなぁ〜」

俺が気合いを入れると同時に、先輩からの圧が増す。

驚かない。先輩なりに加減をしていたことに、むしろ喜びを覚えてしまう。

多少過激でも先輩なりに考えてのことだと、伝わってくるから。

それに、歯止めを利かせてほしいと言ったのは俺からだ。だったら、まずは俺が抑えればいいだけだ。

先輩には、伊豆旅行の最中ずっと抑えていた分、自由であってほしいから……。


「ん……んっ、あいかわらず、孝志くんのは、おっきいね……っ！」

「いや、俺は人並みですよ。もしかしたら小さい部類かも知れないですし」

「そんなこと、ない……よっ。だって、私はっ、孝志くんの大きさ……好きだもの……っ！」

受け入れてしまえば、それはそれは幸せな時間が待っていた。

甘い吐息。至福の時。脳内が幸せに包まれて、体の熱なんてどうでもよくなってしまう。

他人がどうとか、関係ない。先輩が俺でいいというのなら、それでいい。

先輩の好きを素直に受け入れる。

いつもの俺だったら、先輩に聞き返していただろう。何度も何度も、不安を払拭するように。

これもきっと昼間に飲んだお酒のお陰だろうか。

普段よりも高い度数のビールを飲んで、普段よりも気持ちに素直になってしまう。

普段と違って昼間にお酒を飲んで、気分が高揚している。

高揚して、昂って、腹の奥どころか全身が熱くなる。当然、先輩の圧を一番に感じているところも……。

「それより、どぉ……？　ちゃんと、背中気持ちいい……？」

「ええ、とっても」

「えへへ。それならっ、よかった……っ」

息が途切れる先輩。背中で先輩の柔らかさを体感する度に、魅惑的で艶やかな吐息が耳にかかる。

今、先輩はどんな表情をしているのだろうか。

いつもの揶揄（からか）っている時のように、小悪魔（こあくま）めいた表情をしているのだろうか。

それとも、胸をときめかせる可愛（かわい）らしい表情だろうか。

もしくは……。

考えれば考えるほど、さまざまな先輩が脳裏（のうり）に浮（う）かぶ。

そしてそれは、表情だけに留（とど）まらない。先輩が今、どんな格好で俺の背中を洗っているのか、と想像せずにはいられなくなってしまう。

バスタオルを持った腕は俺の胸元に回し、ガッチリと体を密着させてくる紅葉先輩。

密着した状態で上下左右に動かされる先輩の柔らかい胸。泡立（あわだ）った石鹸が潤滑剤（じゅんかつざい）となり、艶然（えんぜん）とした時間が過ぎていく。

姿鏡がなくて本当によかったかもしれない。

俺の表情もだけど、こんな状態を視覚ではっきりと捉（とら）えてしまったら、ギリギリで抑えているものがどこかに飛んでしまうかもしれないから。

今のまま。今のままだったらギリギリ抑えられる。

そう俺が気を落ち着かせている時だった。

「……んっ！」

「うおっ⁉」

った。

途中、先輩が咄嗟の判断で胸元に回していた手を緩めたため、完全に倒れることはなかった。

突如として先輩に後ろへと引っ張られた。どうやら足を滑らせたようだ。

「ご、ごめん。ちょっと気持ちよくて力抜けちゃった……」

というか、ぶっちゃけ俺の怪我はどうでもいい。問題は先輩だ。

「怪我はないですか⁉」

「あ、うん。大丈夫……っ！　ちょっと、力抜けちゃって……ごめんね、心配かけて」

「なんともないならよかったですけど、石鹸で床が滑るので気を付けないとですね」

「そうだね」

先輩の今の格好を考えたら振り向くわけにはいかないため、声だけの確認にはなっているけれど、どうやら大事には至らなかったようだ。

力が抜けた理由は気になるけれど、それよりも先輩の身が第一。

もうそろそろ別のことをした方がいいかもしれない。

万が一のことがあったら、本当に抑えられなくなってしまうだろうし。

先輩は、まだ何も気がついていないけれど。

「でも助かったなぁ。たまたま孝志くんに掴まって。おかげで怪我せずに済んだもの」

安心したような声を出す紅葉先輩。その声を聞けるだけで俺はとても嬉しく思う。

けれど、それとは別に今の状態は危うさも孕んでいた。

というより先輩の掴んでいる場所が悪すぎる。

「あぁ、それが……ですね……」

「何かあったの？」

「先輩の掴んでるとこ、ギリギリなとこなんですよね」

何もわかっていない様子の紅葉先輩の手をそっと握る。今、俺がどこにある先輩の手を握っているかをさりげなく示してみる。

あわや大事故になりかねない、股関節部分をがっしり掴む紅葉先輩にやんわりと……。

「～～～～っっっっっ!?」

流石の紅葉先輩も想定外だったのか、声にならない悲鳴をあげて、慌てて握った手を引っ込める。

「ご、ごめんね!!?　ここまでするつもりはなかったのっ！　本当よ!!?　孝志くんが嫌がることをして嫌われたくないもの！　だから、だから……っっ！」

途端に呼吸が荒くなったかと思いきや、謝り始めるではないか。

あぁ。そうか。そういうことだったのか。

「謝らないでください。俺は先輩が無事ならそれでいいんですから」

「でも、私……」

「事故なら仕方ないですし、まだ歯止めも利いてます。だからなんてことないです」

「嫌いにならないの……？」

「なるわけないじゃないですか。むしろ、もっと好きになりました」

「好きって、危うく約束を反故にしかけたのに？」

「なんだかんだしっかりと約束を覚えていることに、もっと好きになったんですよ」

「……へ？」

事故は事故。危うく暴発しかけた事実は変わらない。けれど、問題はそこじゃない。

本当に勢いだけでイチャイチャしていたのだったら、多分ここまで謝ることはなかったのだろう。

仮に暴発してしまっても「我慢、できなかったんだね」と揶揄われていたかもしれない。

けれど現実はどうだろうか。泣きそうな声。申し訳なさそうな声。

さっきまでの甘い吐息、魅惑的な柔らかさは何処へやら。やっぱり、伊豆旅行でも肝心なところは普段と変わらないのかもしれない。

「普段は抜けてるのに、ちゃんと裏ではしっかりしてるところが先輩らしくて、もっともっと好きになりました」

羽を伸ばすところは思いっきり伸ばしつつも、ちゃんと彼女なりに考えての行動なんだなと実感した。

実感して、体感して、気づけば全身の熱さは欲望から、胸のトキメキへと変換されていく。

ドキドキは止まらない。好きが止まらない。何度だって、飽きることなく先輩のことが好きになる。

「もちろん、過激なのはほどほどにですけど」

冗談めいて忠告するけれど、心の底ではもっと欲しているのだから、きっと俺は欲深いのだろう。

「だから好きになることはあっても、これくらいじゃ俺は先輩を嫌いになんてなりませんよ」

「孝志くん……」

ようやく返ってきた先輩の声は、どことなく安心しているようなものだった。

ホッとする。少しでも元気そうな先輩にホッとする。

もっと、もっと元気を取り戻してもらおう。

そう思った俺は一人で温泉に入った時に気になった、あることを提案することにした。

「ところで、先輩？　俺も先輩にしてみたいことがあるんですけど、いいですか？」

「もちろんいいけど……何をしてくれるの……？」

「そんな変なことはしませんよ。ただ、そうですね……」

そう。変なことじゃない。旅館で推奨(すいしょう)されていることを先輩にするだけだから。

「肌がスベスベになるらしいです」

全身くまなく、先輩に泥パックを塗りたくるだけなのだから。


「ひゃん……っ⁉」

「っと、大丈夫ですか？」

「あはは、大丈夫大丈夫。ひんやりしてびっくりしただけだから」

「もっと塗りますね」

「ん、いいよ」

洗面器にたっぷりと用意された泥パックを手で掬(すく)い取り、そのまま先輩に垂らすとかわいい悲鳴が聞こえた。

ビクンッと大きく跳ねた先輩の様子に不安になったけれど、どうやらびっくりしただけだったようだ。

とはいえ、さっきのこともあるし大丈夫と言われても不安は微かに残ってしまう。

それでも俺は泥パックを掬い取ることはやめない。先輩に泥パックを垂らすのをやめない。

万が一が起こらないようにお尻を一度覆ってからバスタオルを胸元に当てて、うつ伏せになっている先輩。

けれど、いくらバスタオルと言っても絶大な安心感があるわけではなく、むしろピッタリとお尻に張り付いているバスタオルに歯止めが壊れかける。

ダメだ。ダメだと分かっているのに、凝視せずにはいられない。

ズボン越しですらむっちりした肉感が伝わってきたのに、今は邪魔するものはほとんどない。

視覚的にはバスタオルがあるけれど、はっきりとした肉感は十分すぎるほどに伝わってくる。

それでも僅かな理性が、歯止めを利かせてくる。

「でもまさか、孝志くんが泥パックを知ってるなんてビックリだなぁ〜。もしかして、こういうことに興味あったの？」

「まさか、ここの温泉に来て初めて知りましたよ」

「の割にはあんまり躊躇ってる感じないけど？」

「そりゃまぁこれ見たとき、一番に思い浮かべたのが先輩ですし」

俺が不純な想いを抱きながら先輩を凝視しているなんて、当の本人は考えていないのだろう。幸せそうな表情を浮かべながら俺に聞いてくる。

俺は先輩みたいにオシャレがわかるわけじゃない。多分、美的センスだってそれなりだ。

けれど、先輩と同居を始めてオシャレに興味が出てきたところもある。美意識が湧いたというわけではなく、先輩にはどんな服が似合うだろうか、と考える程度だけれど。

もちろん、先輩のオシャレ度合いは俺が考えるよりもレベルが高く、まだまだ勉強不足だ。

それでも先輩がどういうのに興味があるのだろうか、と考えるクセはできた。

その成果が今回の泥パックなのかもしれない。

「そんなに私に泥パック塗りつけたかったんだ」

「まぁ、はい……」

「えへへ。孝志くんのスケベ」

「んぐ……っ！」

紅葉先輩本人に気持ちが届いていなくても、先輩が楽しそうなら俺はそれでいい。

むしろ気づかないでほしい。俺がもっと先輩のことをわかるようになってから、先輩に気づかれたい。

先輩の優しさではなく、本当の意味で男として、そしてその先まで考えてもらえるようになりたい。

そんなエゴを抱えながらも、先輩にスケベと揶揄われて顔を真っ赤にする自分の子供具合に恥ずかしさを覚えてしまう。

何度も何度も先輩の淫らな姿を想像しては、紅葉先輩の本気を目の当たりにして屈しているくせに。

先輩のことを想像して何度も隠し持っていたエロ本を読み返しては、結局本物に骨抜きにされているくせに。

懲りずに先輩を頭に浮かべて妄想しては、倍返しにされているのに。

それでもやっぱり俺は先輩のことをもっと知りたいと思うし、先輩にもっと男として見られたいと願ってしまう。

「大丈夫だよ。孝志くんだけじゃないから」

「えっと、それって……」

「私も孝志くんと一緒にお風呂入ったらあれしたいな、これしたいなぁ～って色々考えてたもの。だから一緒」

「紅葉先輩……」

また先輩の優しさが胸に染み入る。きっと紅葉先輩のことだから俺に合わせてくれているのだろう。

俺があれこれと妄想していたのを知っていて先輩なりに気をつかってくれているのだろう。

嬉しい反面、まだ子ども扱いされていることを認識させられて悔しくなってしまう。

「ほらほら、手が止まってるよ。もっといっぱい塗って?」

「は、はいっ!」

「んっ、んぅ……ふ、んぁ……」

「ど、どうですか?」

「ん～……、気持ち、いいよぉ……。お肌に、孝志くんの愛情が染みこんでいく、感じがして……とっても、気持ちいい……」

「――――っ!」

「ふふ、ちょっと力強くなった。もっと、していいよ」

甘い愛が囁かれる。トロリと蕩けた表情の紅葉先輩が気持ちよさそうにしている。

それだけで、俺はもう悔しさなんてどうでもよくなった。

それどころか、もっともっと先輩を気持ちよくさせたくて、ついつい力が入ってしまう。

ついつい力が入って、先輩を求めて、さらに別の場所にも手を伸ばしていく。

「んぁ……はぁ、んっ。ふふ、背中だけでも十分なのに、腕もやってくれるんだぁ……？」

「そりゃまぁ、先輩には綺麗でいてほしいので」

「とか言って、ただ触りたいだけじゃないのぉ……っ？」

「そう、かもしれないですね」

「にへへ。私と一緒だぁ～」

先輩にはその場で作ったウソなんてすぐにバレてしまう。

綺麗でいてほしいのはもちろん本音ではあるけれど、触りたい本位であることに変わりはないし、いまさら隠す必要もないのかもしれない。

エロ本を見られて、再現までされてしまっているのだから。

それよりも、一緒という言葉が気になって仕方ない。

何が、何が一緒なのだろうか。気になって気になって、泥パックを塗り込むことに集中できない。

だからこそ――。

「私も孝志くんのこといっぱい触りたかったから。だから、いっぱい密着出来て大満足」

先輩が気持ちを明かしたときは、言葉を失った。

あぁ、同じだ。俺と同じだ。ずっと我慢していたという先輩からの告白に、俺は安心してしまう。

それでも先輩は止まらない。止めと言わんばかりに、妖しく微笑む。

「だから、孝志くんも遠慮しなくていいからね」

「……いいんですね？」

「もちろん」

受け入れる。今から何をするのか分からずとも、先輩は俺の願望を受け入れる。

あぁ。本当に、先輩には敵わないなぁ。

「いっぱい私で満足してね？」

先輩の言うことには、逆らえないや。

だから、もう少しだけ。本当にもう少しだけ、欲を見せてもいいですか？

「このまま湯船に入るの？　大丈夫？　怒られない？」

「大丈夫ですよ。こっちの温泉は泥パックを落としながら入るのが醍醐味みたいですから」

背中や腕を泥で真っ黒にさせたまま恐る恐る足先で湯船に触れる紅葉先輩。普段は自由気ままでも、やっぱり育ちの良さがところどころに出ていて、流石だなと感心してしまう。

「へぇ〜。孝志くんってば物知りだね」

「そこに書いてあるのを読んだだけですよ」

「私は孝志くんに夢中で全然気づかなかったもの」

「……っ!!」

汚れを落とさないまま共用の湯船に浸かるのはマナー違反。ほとんどの場合、厳重注意の張り紙や看板がある。

けれど、今先輩と俺がいる場所に限っていえば、泥パックをつけたまま湯に浸かっても構わないとなっている。それどころか、泥パックをつけたまま入ることを推奨されている。

そのことを案内看板そのままに伝えただけなのに、気が付けばいつものペースで揶揄われてしまっていた。

昼間に飲んだお酒は多分抜けきった。さっきまでの熱量が嘘のように落ち着いている。

けれど決して紅葉先輩への熱量が消えたわけじゃない。ただただ、凝縮(ぎょうしゅく)されて落ち着いただけ。先輩への熱量そのものが消えるわけがない。

俺はどこまでも、先輩のことが大好きなのだから。

先輩もそうであったら嬉しいな。そんなことを考えながら、背中合わせで先輩と一緒に泥パック用の湯船に浸かっていく。

「あはっ、やっといつもの孝志くんに戻った気がする」

「俺はいつも通りですよ」

「え～？　本当かなぁ～？」

「本当ですよ」

「ん～、でもなぁ～」

目には見えないけれど、伝わる表情。

きっと先輩は軽くニンマリと笑っているのだろう。本気で揶揄っているときのではなく、昼間に見せたような余裕(よゆう)のあるような色気のある笑み。

背中越しに伝わる振動(しんどう)が、先輩の動作をあいまいに教えてくれる。

先輩の肩甲骨(けんこうこつ)がグーッと俺の背中や肩(かた)を押し下げるようにして軽く反らされる。まるで腕を伸ばしているかのように。

確証はない。もしかしたら俺の勘違いかもしれない。けれど、もしそうだったら先輩に泥パックをして良かったなと心から思う。

俺の願望、欲望ももちろんあったけれど、なによりも先輩に元気になってもらいたくてしたことだったから。

ずっと気を張っていたであろう先輩が少しでも気を休められればな。そんなことを考えてしたことだったから、先輩がリラックスしてくれているのであれば本望だ。

それはそれとして、なんというかこう……。背中をぴったり合わせるだけじゃなくコツンと後頭部どうしも合わせて話していると、直接脳内に話しかけられているような感覚がして、隠しごとなんて出来ない気がしてならない……。

「孝志くんの触り方、とってもエッチだったしなぁ～」

「……いや、それは」

「うふふ。気持ちよかった？」

「かなり……」

「私も」

「～～～っっ!!」

先輩は本当に、本当に揶揄うのがうまい。今の状態で、俺が誤魔化せないことを知ってて揶揄ってるんじゃないかと錯覚してしまうほどに、タイミングが良すぎた。

けれど、俺は知ってる。多分、先輩は分かってて揶揄っている。けれど、それが悪意的じゃないのもよく知っている。

これが先輩で、そんな先輩だから好きになったのだから。

先輩は揶揄うことはするけれど、決してウソは言わない。今までだってそう。素直に、まっすぐに、本心を交ぜて揶揄ってくるのだ。

俺が紅葉先輩の甘い声を聞いて赤面せずにはいられないことを分かっていて。

「はぁ～。やっぱりいつもの孝志くんが一番安心する」

「先輩が楽しかったならよかったです」

「それじゃあ、そろそろお願いしようかな」

「えっと、何をですか？」

「泥パック落としながら楽しむのが醍醐味なんでしょ？　だから、ほら。孝志くんに落としてもらいたいなぁって」

「……背中だけでいいですか？」

「変な間があった気がするけどぉ？」

「気のせいですよ」

「ふふ。じゃあ、そういうことにしようかな」

先輩の余裕めいた笑い声を耳にすると、俺はゆっくりと紅葉先輩の方へと向く。

数分ぶりに見る紅葉先輩はやっぱりきれいだった。泥を塗りたくられた腕や背中すらも美しく思えてしまう。

それほどまでに、湯船に浸かる紅葉先輩は様になっていたし、こんなきれいな人と混浴出来ている現実がまさに夢のようだった。

「でもあれだね。孝志くんとこうしてワイワイできるのも半分お父さんのおかげって考えたら、ちょっと複雑」

「そうですか？　俺は今すぐにでも感謝したいですけど」

「私の勘違いでお父さんを嫌ってて申し訳なかったなぁって思うと、素直に喜べないよ」

「そのことを直接言えばきっと許してくれますよ」

「んー……。ちょっと考えてみる……」

ゆっくりと、湯船を使ってゆっくりと紅葉先輩の肌についた泥を落としていると、彼女の口からお父さん――幸太郎さんの話題が出てきた。

事の発端は、幸太郎さんが紅葉先輩と一緒に住んでいる俺の部屋にやってきたこと。もともと先輩と幸太郎さんの間にあったいざこざがその時に爆発し、翌日には逃げるようにして伊豆へとやってきて今に至っている。

もちろん、伊豆を巡っていく中で、先輩なりに幸太郎さんへの不満は収まりつつあるみたいだけれど、それでもやっぱり彼女の口から幸太郎さんの話題が出るとは思いもしなかった。

それだけ、先輩に余裕が出てきたのだろうか。そうであるならうれしい限りだ。

そんなことを考えていると、さっきまでのしんみりした雰囲気とは一変して元気そうな声を出す紅葉先輩。

「それより、あとでちょっとだけ飲み直さない？　さっき受付したときに美味しそうなお酒買ったんだ」

ちょうど泥も落とし切ったことで、互いに混浴風呂でしたかったことを終えたことになる。

そんな中で、紅葉先輩からの飲酒のお誘い。

「湯上がりにお酒飲んで大丈夫ですかね」

「ん〜、ダメかも？」

「ええ……」

「ちょっとだけだから。ほんのちょっとだけ、今の幸せを噛み締めたいの」

「それなら、まぁ……」

一抹の不安は残りながらも、それでも俺は断りきることはしなかった。

出来なかった。

大好きな人に、幸せを噛み締めたいなんて言われてしまえば、もう何も言えなかった。

あぁ。そうか。先輩は今の瞬間を幸せと思ってくれたんだな、と。

俺との時間を退屈に思ってないんだな、と。

幸せ。たった二文字の言葉がこんなにも心を満たしてくれるなんて、先輩と付き合う前の俺は知らなかった。

その後、先輩と俺は部屋の広縁でお猪口一杯分のお酒を嗜んだ。

ゆず風味のある焼酎、『うんめぇぞ』。かぁっと顔が熱くなる感覚。熱で溶けていくようだった。

気が付けば食事もそこそこに床についていた。

ゆっくりと終わる。長くも短い一日がひっそりとお酒に溶けて終わっていく。

明日には大学へと戻っている。きっと幸太郎さんが待ち構えているのだろう。

でもきっと紅葉先輩なら大丈夫。幸太郎さんのことを考えているときの紅葉先輩は、今までになく真剣な表情をしていたから。

それでもだめだったら、俺が幸太郎さんを説得してみせる。

自信は無い。俺は紅葉先輩に見合う人間じゃないのはよく知っているから。

それでも幸せにする自信はある。俺には、先輩しかいないのだから。

◇閑話◇

念願の混浴。二人だけの温泉で誰にも邪魔されない、特別な空間。私は幸せに満ちていた。

幸せに満ちて、満ちて、何度満足してしまったことだろう。

「ふぅ……」

孝志くんがぐっすり寝ている姿を見ながら、広縁でお酒の続きを楽しんでいる。

普段のビールや、まろやかな口当たりの日本酒と違って度数の高い焼酎。いくらゆずの風味で飲みやすいとは言っても、度数が高いことに変わりはない。

お酒は好きだけれど、あくまで嗜む程度。今回の思い出をお酒の味に溶かして覚えたいだけ。

今までだってそう。お酒の酔いに任せて孝志くんとイチャイチャしたことは何度もあるけれど、決してお酒なら何でも良かったわけじゃない。

甘えたいときは甘いお酒を。ちょっぴり大人ぶりたいときは苦みを求めてビール類。

そして、ちょっぴりしんみりしたいときはあまり得意じゃない焼酎を……。

得意じゃないからこそ、ゆっくりと味わおうとする。そして、ゆっくりと幸せを噛みしめることができる。

孝志くんとの濃密な時間を。孝志くんと一緒にお酒を飲む瞬間を。そして、孝志くんの視線が何度も何度も私の体に吸い寄せられていたあの熱量を。

「ふふ……。やっぱり孝志くんは素敵だなぁ……」

恥ずかしがっていたのがまたかわいい。熱量が増していく度に視線が向かう回数が増えていくのもまたかわいい。普段、どれくらい抑えているのかがよくわかる。

そんな彼の誠実さはもちろん、大学生相応の性欲があるのにも好感を覚えてしまう。

だって、それくらい彼の目には私が魅力的に見えているってことでしょう？

孝志くんには私が体のケアをしているって見えているってことでしょう？

それってとても嬉しいことだと思う。だってそうじゃない？

相手のために綺麗でいようとしていることが伝わっているのだから。綺麗でいるのが当たり前じゃないと分かってくれているのだから。

綺麗でいるのは簡単なことじゃないし、好きな人のタイプに近づこうと思ったら相手の研究だって必要になってくる。

私に告白してくる男子はいるけれど、ほとんど全員が私をありのままで綺麗だと思って付きまとってくる。

そんなわけない。ありのままで綺麗なのはごく一部の人間だし、少なくとも私自身は何もしなかったら見向きもされないだろう。

それでも綺麗でありたいと思うのは、好きな人がいるから。好きな人にはいつでも綺麗な私を魅せたいから。

だから、孝志くんに泥パックを提案されたときは驚きより嬉しさが勝っていた。

あぁ。やっぱり孝志くんが恋人で良かった、と。孝志くんは勘違いしていないんだな、と。

孝志くん的には私の体に触れたいというのもあったのかもしれない。

でもそんなことは些細なこと。好きな人にいくら触られても私は嫌な思いはしない。

孝志くんなら嫌な思いをさせてこないことを知っているから。臆病で心優しくて、ちょっぴりスケベで、女心の分かっている孝志くんが変なことをしてこないと確信していたから。

もちろん、君以外には無防備な姿を見せないからね？　そこのところ、分かってる？

「はぁ……んっ」

温泉でのことを思い出したら、また熱がぶり返してきてしまった。

ダメだなぁ。孝志くんのことを考えると気が緩んじゃう。

でも仕方ないよね。大好きなんだもの。何度も何度も体を密着させてしまうくらい本気で大好きなんだもの。

愛を感じながら、私はお酒を片付けて先に寝ている孝志くんの横に並ぶ。

肝心の孝志くんは気づく様子もなくぐっすり寝ている。よほど疲れたのだろう。

仕方ないよね。今日はいっぱい歩き回ったもの。そんな彼をもうちょっとイチャイチャしたいからといって起こすのは酷だよね。

「おやすみ、孝志くん」

諦めた私は、布団を被るとゆっくりと目を閉じていく。今日の幸せを噛みしめるようにして、ゆっくりとゆっくりと……。

第七章　ただ恋人を想い、されど言えず

「ん……んぅ……」

目覚める。珍しく誰かに起こされることなく、すっと目が覚めた。

こんなこといつ以来だろうか。少なくとも先輩と同居を始めてからは、自力で起きられたことはなかった気がする。

それほどまでに俺は誰かに起こされるのが——いや、紅葉先輩に起こされるのが当たり前になっていた。

それが今日に限って言えばどうだろうか。昨日早くに寝た影響か、その分早く起きられたのだろう。

「紅葉先輩は……まだ寝てるな」

隣に目を向けてみれば、綺麗な寝息を立ててぐっすりとお休み中の紅葉先輩。

旅行初日に願った、紅葉先輩の寝顔をこんなにも早く拝めることになるとは。

しかもただの寝顔ではなく、ぐっすりと深く眠っている寝顔。たくさん揶揄われた分、

紅葉先輩の油断している姿に優越感を覚えてしまう。

同時に、少しだけイタズラをしてみようかと、悪い考えが過る。

具体的に言えば、先輩と同じように恋人の寝顔を待ち受けにしてこれ見よがしに揶揄うことだ。

今までも何度か先輩に仕返しを考えてきたけれど、今回ほど勝ち目のある仕返しはないだろう。どうあがいたって、油断している姿の先輩がスマホのデータとして残るのだから。

「……今日くらいは、いいよな」

そもそも、先輩の寝顔を撮る機会が巡ってきたのはこれで二回目だ。

一回目は、旅行一日目のすくえあー公園。昼寝から目が覚めると、目の前に紅葉先輩の寝顔が入ってきたのを今も忘れない。

うとうとしているのに、だらしなさはなく、むしろその寝顔にすら美しさを覚えてついつい見惚れてしまっていた。

けれど、ただ見惚れていられるほど無欲でもなかった。

残したい。記憶に残したい。何か、形として残したい。

そう考えていたら、自然とスマホをポケットから取り出していた。

カメラを起動するのに、細かい動作はいらない。ただスマホの横の電源ボタンを二回連続で押すだけ。

そう、本当にそれだけの簡単な動作だったはずなのだ。

けれど、結局撮ることは叶わなかった。果たして先輩に黙って寝顔を撮っていいのかと、悩んでいるうちに先輩が起きてしまったから。

けれど、今回は違う。もう遠慮なんてしない。

先輩が俺の寝顔を撮ったのなら、俺だって先輩の寝顔を撮ってやる。

「この角度で、どうだ。いや先輩ならこっちの方がいいか。それとももうちょっと斜めから撮ってもありか……」

いざ寝顔を撮るとなると意外と難しいもので、あれやこれやと試行錯誤する。

いい感じに撮れそうだと分かっていても、もっと素晴らしく先輩の寝顔を映えさせる角度があるんじゃないかと、考えてしまう。

そうこうしているうちに、一度起動したカメラアプリが落ちてしまった。

「……そろそろ、決めないとだよなぁ」

優柔不断なのは重々承知していたけど、ここまで決められないものかと苦悩してしまう。

それでもやっぱり、先輩の最高の瞬間を撮りたい。大好きだから。本気で愛している先輩だからこそ、妥協はしたくない。

とはいえ時間は有限で、悩んでいるうちに先輩が目を覚ましてしまったら元も子もない。

「よし、今度こそ」

次こそは決定的な写真を収めてやる。そう、意気込んだ瞬間だった。

ピロン。

静寂に包まれていた畳の部屋に、瞬間的な機械音が鳴り響いた。

「な、なんだメールの通知か。びっくりした……」

音の出どころは紅葉先輩のスマホ。広縁の机に置きっぱなしのスマホが紅葉先輩に危険を知らせるかのように通知を鳴らしたのだろうか。

時刻はまだ六時になったばかり。こんな時間になんの通知だろうか。

ほんの、ほんの興味本位のつもりで通知欄を確認した。

するとそこには、『お父さん』の文字。題名や中身までは分からないけれど、間違いなく心配のメールだろう。

「……寝顔どころじゃ、ないよな」

俺は起動したばかりのカメラアプリを落とし、メールアプリの準備をする。

そしてもう片方の紅葉先輩のスマホのロックを解除しようと試みる。

募る罪悪感。幸太郎さんに対して、そしてなにより紅葉先輩に対して。

きっと何度も何度も先輩に心配のメールを送っていたのだろう。メールだけじゃない。きっと俺の部屋にも寄っていることだろう。

それだというのに先輩のことばかり考えて、幸太郎さんの父親としての不安を一切考慮してなかった。

本当に、本当に申し訳なくなってしまう。

紅葉先輩は紅葉先輩で、こんな形でスマホの中を見られることになって不本意だ。

本当はキチンと先輩が見ている前でスマホを見るのが礼儀だろうし、俺もそうだと思っている。

それでも幸太郎さんのことを考えたら、確認せずにはいられない。

もちろん先輩から『孝志くんにならスマホを見られても構わないわ』と言われたからこそ出来るのだけれど。

とはいえ、スマホのパスワードまでは分からない。

「さて、どうしたものか」

試しに先輩の誕生日を入れてみたが、開かない。流石の先輩もそこまで安直じゃないか、そう思いつつも自意識過剰になってしまう自分がいる。

「……開いちゃったよ」

ビンゴ。パスワードは俺の誕生日。まさか俺と同じことをしているとは思いもしなかった。

にやけている場合じゃない。頭ではそう分かっているのに、勝手に頬が緩んでしまう。口角が上がってしまう。

自分の中では愛が重すぎるのではないかと思っていた行為も、紅葉先輩にされていると知ると途端に普通に思えてきてしまうから不思議だ。

そして開いた先には自慢げに見せつけられた俺の寝顔。恥ずかしさもあるけれど、やはり嬉しさが出てきてしまう。

こんなんだから紅葉先輩に何度も揶揄われてしまうんだと、分かっていても根本的に止めることは叶わない。

紅葉先輩に揶揄われることに喜びを覚えてしまっている俺には、とてもじゃないが直すことなんて無理だから。

「えーっと、メールメール……」

頭の中では紅葉先輩のことを考えながら、幸太郎さんからのメールを探す。

探す、と言ってもアプリ検索機能でメールを探すだけだからそこまでの労力はかからないけれども。

とはいえ、紅葉先輩宛に送られたメールを俺が見るのに抵抗感はかなりあった。

それでもやっぱり、幸太郎さんからのメールだけは確認しないと気がすまなかった。

幸太郎さんがどんな風に思っているのか。どこかに飛び出してしまった紅葉先輩に激怒しているのだろうか。先輩に見合わない俺よりも素敵な人を紹介しているのだろうか。

どちらにせよ、幸太郎さんからメールが届いているのを確認してしまった以上、もう止められない。

「よし、見るぞ……」

俺は覚悟を決めた。

大丈夫。俺はどんなことがあっても先輩の幸せを願っているし、先輩が幸せになるならどんな結果でも受け入れる。

そんな思いは、メールの数行で消え去った。

『今、どこにいるんだ?』

『ちゃんとご飯は食べているのか?』

『俺にじゃなくていい。母さんくらいには連絡してあげてくれ』

『あまり、恋人を巻き込むんじゃないぞ。本当に好きなら尚更な』

そこにあったのは、本気で紅葉先輩を心配しながらも、なるべく気持ちを尊重しようとしている父親の姿だった。

厳しい父親像なんてものはそこにはなく、ただただ家出してしまった娘を心配する優しい親の姿しか浮かび上がらなかった。

いや、厳しかったからこそ紅葉先輩なりに抵抗して伊豆に行くという選択をしたのだとは思うのだけれど。

「んー……どうしよう……。どう、幸太郎さんに連絡しよう……」

メールを見なかったことにするなんていう選択肢は頭の中にはない。もうとっくにその次元を超えてしまった。

この事態にどう収拾をつけるかに重きを置いているのだから。

幸運なことに昨日の先輩の様子をみる限り、もう幸太郎さんに悪い感情は無いように思えた。

とはいえ、いつでも顔合わせできるのかと聞かれたらまだいい顔はしないだろう。俺は無理だと思う。

仮に、仮にだ。俺の家族が部屋に押しかけてきて自分の恋人である紅葉先輩を否定したとしよう。

たとえ何かの誤解があったと分かったとしても、自分からは会いに行かないだろう。

つまりはやることは分かりきっている。どうにかして、先輩には何も知らせずに幸太郎さんと会わせる機会を作るしかない。

「やるしか……ないよな……」

きっと先輩には怒られてしまうかもしれない。余計なことをした俺を彼氏として見てくれなくなるかもしれない。

それは嫌だ。嫌だけれど、先輩と幸太郎さんがすれ違いっぱなしなのはもっと嫌だ。

だって紅葉先輩には心の底から幸せであってほしいから。

そのためなら辛いけれど、本当に辛いけれど、やるしかないじゃないか。

「ちょっとだけ、勇気貰いますね……」

紅葉先輩のスマホを操作して、幸太郎さんの電話番号を見つける。あとは先輩にバレないように、俺のスマホで幸太郎さんに電話をかけるだけ。

その間際、電源ボタンを二回押して、すかさず音量調節ボタンを押す。たった数秒程度の出来事なのに、今まで悩んだものよりもずっと良いものが撮れてしまった。

ほんのり微笑む気持ちよさそうな先輩の寝顔が――。

紅色の髪が朝日に照らされて神々しく輝いてたまらない。

画像一枚、数キロバイトにしか満たないデータだけれど、俺にとってはとてつもない勇気と原動力をくれる。

「それじゃあ、ちょっとだけ電話してきますね」

返事はない。それでいい。先輩には何も知られたくない。

俺が余計なことをしたと、できれば知られたくない。

先輩の心のうちに、幸太郎さんの優しさが染み渡ってほしいだけなのだから……。

メールを閉じて、紅葉先輩のスマホを元に戻す。何も気づかれないように、何もなかったかのように。

これでいい。俺は、脇役でいい。先輩が幸せになるのなら、それで。

Prrrrr……。

無機質な呼び出し音を旅館のロビーで鳴らし続ける。

かれこれ三回目。きっと寝ているのだろう。朝とは言ってもまだ六時台。朝弱い人にとってはとことん眠い時間だろう。

俺も昨日早く寝ていなかったらきっとぐっすり寝ている時間だ。

だとしても俺は電話をかけるのを止めるわけにはいかなかった。今しかないから。紅葉先輩が起きていない今しか、幸太郎さんに電話をかけるタイミングがないから。

だから、お願いです幸太郎さん。辛いでしょうけれど、眠たいでしょうけれど、どうか気づいてください。

そう、心の底から懇願している時だった。

『……はい、どなた？』

少し眠そうで、不機嫌な幸太郎さんの声が聞こえたのは。

「あ、あの……俺です！　朝早くにすみません！」

『君、俺じゃあ分からないよ。朝早くって分かってるってことは緊急なんだろう？　それでも名前と用件を先に言わないとダメだよ』

「す、すみません焦ってたもので……っ！」

幸太郎さんの言い分はもっともだった。

確かに焦りに焦って自分の名前を名乗ることを忘れていた。これじゃあ、また紅葉先輩にふさわしくないと言われてしまうかもしれない。

けれど、そんな後悔をするのは今じゃない。もっと大事なことが俺にはあるんだから。

「俺です、紅葉先輩とお付き合いさせていただいてる鈴木孝志です！　先輩の——紅葉さんの件でお話があって、迷惑と分かっていますが朝早くに電話させていただいています！」

『あぁ……キミか……』

しばしの沈黙。悲しむこともなければ、怒ることもない。ただただ、感傷に浸るかのような声に、俺は何も言えない。

言えることなんて何もない。生きてまだ二十年そこらの俺が、倍以上生きている人に言えることなんてありはしない。

だから俺は待つことしか出来ない。

『紅葉は……どうだ……？　今はどこにいるんだ……？　それだけでも教えてくれ』

「先輩は――紅葉さんは元気ですよ。今は伊豆にいます」

『伊豆……そうか……。懐かしいな……』

元気のなさげな幸太郎さん。それもそうだろう。俺だって自分のそばから紅葉先輩がいなくなったら、元気ではいられなくなってしまう。

いや、そもそも正気でいられるかもわからない。

それだけ、俺にとって紅葉先輩はいなくてはならない存在になっている。

『それで、一体どうしたんだ？　怒られると分かってて電話を掛けたのだから、よほどの用件だろう。心意気に免じて話は聞くぞ』

「ありがとうございます。用件というのは、幸太郎さんの察している通り紅葉さんのことです」

元気がなさそうとは言っても大人な対応をする幸太郎さんに感謝してしまう。

前回はあまり気にも留めてもらえなかったけれど、今回は違うようだ。……いや、それくらい紅葉先輩のことで必死だったのだろう。紅葉先輩のことが心配だったのだろう。

今だったらよくわかる。この人は本当に紅葉先輩の父親なんだな、と。

『なんだ、振られたりでもしたのか?』

「いえ、ラブラブです」

『……ちっ』

「続けますね……?」

ちょっぴり、俺に厳しいところはあるけど、そこはご愛嬌なのだろう。

それよりも今は、話を進めることの方が大事だ。紅葉先輩に気づかれる前に。

「その、紅葉さんと会っていただけませんか」

『きみ、今の私の状況を分かってて言っているのか?　むしろ私が紅葉に会いたくて仕方ないんだが』

「分かってます」

幸太郎さんの気持ちは痛いほどに伝わってくる。それでも、どうしても言いたくて仕方なかった。

どうしても今じゃなきゃいけない気がした。

「分かっていますが、紅葉さんが素直に幸太郎さんに会うには時間がかかると思うんです。俺はそれが嫌なんです。ずっとお互いにしこりを残したままなのが、とても嫌なんです」

『嫌だ嫌だというけれど、紅葉の気持ちはどうなんだ。仮に私と紅葉が顔を合わせたとして、そこから先はどうする。今と同じように逃げ出されてしまったんじゃ、話にならない』

俺の気持ちが伝わったのか。本気の回答が返ってきた。

俺はとても嬉しく思った。俺のことを見てくれている。俺のことを認識した上で、紅葉先輩のことを第一に考えている。

これがしたかった。ずっとこれがしたかった。紅葉先輩のことを大事に思うからこそ、一度ぶつかり合いたかった。

もちろん最終的には認めてもらうつもりだし、折れるつもりもない。

けれどそれは後のこと。今はとにかく、紅葉先輩と幸太郎さんとの仲直りが最優先。

「気持ちの問題は、解決しているかもしれません」

『……詳しく、聞かせてもらおうか？』

「紅葉さんが昨日、伊豆の動物公園や博物館を回ってる最中にふと、思い出したって言ったんです。どうして幸太郎さんが厳しくなったのか、って」

幸太郎さんは答えない。俺の次の言葉を待つように、ジッと口を噤んでいる。

それに応えるように言葉を続けることにした。

「だからきっと伝わります。幸太郎さんの気持ちはきっと紅葉さんに届きます」

『……紅葉には聞いたのか?』

「いえ、聞いてません。俺が今電話してるのも、知りません。全部、俺の判断です」

『どうしてそこまでするんだ。いくら恋人とは言っても、所詮は他人だろう。勝手なことをして紅葉に嫌われるとは考えないのか』

「もちろん考えましたよ。先輩の寝顔に見惚れながら、じっくり考えました」

『……ちょこちょこ惚気を入れてくるなぁ』

「でも、親と険悪なまま、すれ違っているままと知りながらこのまま付き合い続けるのはダメだと思ったんです」

そう今のままではダメなんだ。絶対に。

俺は誰かに負い目を感じたまま紅葉先輩とイチャイチャ出来るほど強くない。それは特に、紅葉先輩がきっかけをつかもうとしているときなら尚更。

いつでもいい。先輩の気が向いた時でいいですよ。

きっとこうすることだって出来た。でもそれじゃあ何も進まない。ずっと先輩の中にチクチクとしたものが残っているだけになってしまう。

そんなのは絶対に嫌だ。

「俺は今だけじゃなくて、もっともっと長く平和に付き合っていたいんです。だから、一時的に嫌われるのは、耐えられます。仮にフラれてしまっても、紅葉さんと幸太郎さんが仲良くなるのだったらそれでいいんです」

心からの本音。

嫌われたくない。先輩から離れたくない。

けれど、それで先輩と幸太郎さんの仲がずっと険悪なのは違う。俺のことよりも、まずは先輩のことが最優先に決まっている。

俺は、心の底から先輩のことが大好きなのだから。

『……キミは気にならないのか？』

「何をですか？」

『どうして紅葉が私を避けているのか、だよ。おおむね、紅葉から私は厳しいと聞かされてきたんだろう？』

確かに気になる。ずっとずっと、どんな風に厳しいのだろうと気になっていた。成績のこと、門限のこと、人との付き合いのこと。紅葉先輩が制限を受けてきたことは知っている。

その詳細を知りたいと思ったことは何度もあった。それこそ、先輩と付き合い始めたばかりの頃は特に。

けれど、付き合いが長くなるにつれ、あまり気になることはなくなった。それが先輩と付き合うことだと分かってきたから。先輩もそれを受け入れているのなら、俺が言うことでもないと言い聞かせてきたから。

だから幸太郎さんへの返事も決まっているようなものだ。

「俺が知る必要はないかなって。紅葉さんが幸太郎さんが厳しくなった理由に納得したのならそれでいいし、幸太郎さんとの仲が良くなるなら尚のこと俺は知らなくていいかなって」

『いいのか、キミはそれで。普通はいろいろとおせっかいを焼くものだろう?』

「おせっかいなら今してるじゃないですか。幸太郎さんに電話して、紅葉さんの現状を伝えてる。会ってほしいとお願いをしている。これって十分におせっかいだと思うんです」

『それは、そうだが……』

「なので、お願いします。近いうちに紅葉さんと会っていただけませんか？」

俺が出来ることなんてたかが知れている。俺が先輩に言えることなんて、先輩が考えているに決まっている。

成績は常に学年トップ、門限をキッチリ守り、面倒な人にも自分で対処出来てしまう。

そんな恋人に俺が出来ることなんて、限られている。

おせっかい？　十分じゃないか。先輩におせっかいを焼くことが、俺にとってどれだけの喜びなのか分かる人は少ないだろう。

それでいい。先輩は普通の人とは違うから。

普段は凛として、美しくも賢く素晴らしい女性。俺の前では、グダッとして甘えてくるギャップもある。

けれど、その実ちょっと計算も入っててそこがあざとくて可愛い。意外とお茶目でちょっぴりエッチなところもある、俺には勿体なさすぎる、俺だけの先輩なのだから。

『……分かった。分かったよ。参った。元々紅葉には会うつもりだったが、まさかキミが手引きしてくれるとは思わなくて少々警戒してしまった』

「あぁ、良かったです」

俺の気持ちが伝わったのか、幸太郎さんが俺の案に乗ってくれることになった。

むしろ警戒すべき存在と見られているとは思わなかったからかなり意外だったけれど。

先輩にふさわしい男に近づけたのだろうか。

ほんの少し、ほんの少しだけ自信が付いた気がする。

『それで？　いつ伊豆を出るんだ？』

「今日の昼です」

『昼に伊豆を出るとなると、夕方ごろには紅葉の大学近くにはつくよな……。ふむ……』

「幸太郎さん？」

考え込む幸太郎さん。

ブツブツと考え込む様子に、昨日の紅葉先輩を思い出す。

姿こそ見えないが、考えだすと周りが少し見えなくなるところが似ている気がした。

『よし、では到着予定ごろに大学前駅のカフェで待っていることにしよう』

「いいんですか？　仕事は……」

『娘の一大事だぞ、仕事なんか半日で抜けてやる。急な案件が振られても後回しだ』

「あ、ありがとうございます!!」

まさか先輩と幸太郎さんを会わせる日が今日になるとは思いもしなかった。

早い方がいいとは考えていたけれど、まさかの決断力に舌を巻かずにはいられない。

流石は紅葉先輩の父親というところなのだろうか。決断に迷いがない。

俺も見習わないとなぁ。

『キミに礼を言われる覚えはないよ。娘の、大事な大事な紅葉のためなんだからな』

「それでは、また後で」

『あぁ、詳細はメールで頼む。そろそろ愛しの陽花が食事の準備を始めるころだからな』

ブツリと電話が切れる。

初めは元気がなさそうな幸太郎さんだったけれど、時間が経つにつれ部屋にやってきたときのような勢いに戻っていた。

俺のしていることが合っているか分からない。もしかしたら間違っているかもしれない。

それでも動かずにはいられなかった。

それくらい、今の状況を変えたかったから。

というか、それよりも――。

「幸太郎さんも十分に惚気てないか？」

いろいろと文句を言ってたわりに幸太郎さんだって人のこと言えないじゃないか。

ずっと仲睦まじいのはいいことだけれども。

戻ろう。紅葉先輩の待つ客室に。

起きているだろうか。まだ寝ているのだろうか。どちらにせよ、自然体で振る舞おう。

俺が幸太郎さんと電話したとバレないように。

そしてなにより、先輩と幸太郎さんが仲直りする機会を逃さないように……。

◇閑話◇

「ん……んぅ……」

ゆっくりと目を覚ます。普段とは違って重いまぶたを押し上げるようにして目を覚ます。

体が思うように動かない。この感覚を私は知っている。

いわゆる、二日酔いだ。昨日飲みすぎたツケが回ってきたみたいだ。

もちろん幸せな時間だったし後悔はしていない。孝志くんの慌てる姿にキュンキュンしたし、刺激的なお風呂を堪能した後のお酒もとても良い経験だった。

だから後悔することなんて何もない。そしてこれからも。

私は孝志くんと一緒にいられるだけで幸せなのだから。

「ちょっとだけ、揶揄っちゃおうかなぁ～」

スカッ。隣の布団に寝ているはずの孝志くんの体に触れられなかった。

もしかして寝転がって変なところで寝ている？　そんなことを考えて少しだけ身を起こしてみるも、布団の上に孝志くんはいなかった。

それだけじゃない。客室のどこにも孝志くんの気配がない。

トイレには鍵がかかっていないし、室内シャワーを浴びている気配もない。でも荷物は残っている。

無いのは、孝志くん本人と、スマホとスリッパ。

「……朝風呂にでも入っているのかしら」

孝志くんが勝手に消えるわけがない。自分にそう言い聞かせようにも、揶揄い過ぎた衝動で逃げ出してしまってもおかしくないと不安が襲いかかってくる。

揶揄い過ぎている自覚はある。それでも今の私にはそれくらいしか孝志くんに好きと言える手段がない。素直に言っても、きっとにやけてしまう。そのにやけを抑えるためにまた揶揄ってしまう。彼の気も考えずに。

「……ちょっとやり過ぎちゃったかな」

酔いに任せて孝志くんを揶揄い過ぎたことを反省する。もちろん、彼が喜んでいるだろうことを考えてしているけれど、やっぱり自分本位なところも否めない。

孝志くんのちょっと困った反応にきゅんきゅんしてしまう私だから。

もちろん、真面目なところにも同じようにきゅんきゅんする。そこに変わりはない。本気の本気で彼を愛しているからこそ、彼のことを考えられなくなるくらいに揶揄ってしまうときもある。

こういうときは決まって、深く反省する。

「とにかく、今どこにいるのか確かめないと。えっとスマホスマホ……」

大好きな孝志くんがいなくなってしまえば元も子もない。

私はもっと、孝志くんと幸せに過ごしていたいから。

問いかける。心の内で孝志くんに問いかける。

どこにいるの？　ねぇ、どこに行っちゃったの？　お願い教えて？

ぐるぐる回る。孝志くんへ想いがぐるぐると頭の中でめぐる。

考えても仕方ないと分かっているのに、やめることが出来ない。

もちろん、心の内で問いかけても意味がないため、結局メッセージを送るしか手段はないのだけれども。

と、そんなときだった。

「……あれ？　メールが開かれてる。どうしてだろう」

ここ数日間の中では見慣れない画面に困惑してしまった。

開いた覚えのない父からのメール。旅行の最中は絶対に見ないように決めていた父親からのメール。

揺らいでしまうから。厳しい父からの言葉を見てしまったら、またあの家に戻らざるを得なくなってしまうかもしれないから。

もちろんそんなことはしたくない。ずっとずっと孝志くんと暮らしていたいから。

今は、その孝志くんがどこかに行ってしまったけれど……。

「……？　電話帳……？」

また違和感。バックグラウンドには数件のアプリ。普段使いするアプリをバックグラウンドに常駐させている中に、一つ身に覚えのないものがあった。

それを開いてみれば、お父さんのプロフィール。

いったいどうして。そう思うのは一瞬だけ。すぐに誰がしたのか分かった。

「孝志くん、もしかして……っ」

もしや、私はすぐさまそう思った。

孝志くんがしそうなことが何となく想像できてしまったから。

きっと孝志くんは直に部屋に戻ってくる。電話帳を開いてお父さんのことを知ろうとする彼がこのまま消えてしまうなんて考えられない。

ちょっぴりエッチなところはあっても、やっぱり孝志くんは真面目な人だと知っているから。

だから私は待つことにした。

何事もなかったかのように。何も気づいていないように。

孝志くんが何も言わずにお父さんと何かしようとしているのなら、私はとことんまで知らないふりをしていよう。彼の優しさに今はとことん甘えることにしよう。

まずは、そうだなぁ……。

孝志くんに起こしてもらうことから、始めようかな？

一度起き上がった体をまた、布団の中に潜り込ませる。今度は意識をはっきりとさせたまま目を閉じて愛しの人が帰ってくるのを待つ。

いつ帰ってくるかもわからないけれど、直にかえって来てくれる。そう信じて。

バタバタバタ……。

目を閉じて数秒、数分経った頃、客室に近づいてくる慌ただしい足音。お客さんは私たちだけ。朝日が昇ったばかりのこの時間に旅館を訪ねてくる人はまずいない。

つまりは、そういうことだろう。

「……紅葉先輩は、まだ寝てるかな？」

さっきまで慌ただしくしていたのに、部屋を開けてからは静かになるのが孝志くんらしくてかわいらしい。

　パチッと目を開けたらどんな反応をするのだろうか。顔を赤くするのだろうか。それとも驚いて慌てふためくのだろうか。

　さっきまで不安に駆られていたというのに、孝志くんが戻って来るや否や揶揄うことを考えてしまう。それだけ、私にとって孝志くんという存在が当たり前になっているのだ。

　あぁ、本当に私ってばダメだなぁ。とことん孝志くんに染まっちゃってるや。

「たまには俺が起こしてみるか」

　ふと耳に入る魅惑の言葉。

　孝志くんと暮らすようになって早一か月。孝志くんの寝顔を見たくて、恋人を起こすということをずっとしたくて早起きしてきたけれど、二度寝をすることでそんな魅力的な言葉を彼の口から聞くとは思いもしなかった。

　あぁ。楽しみだなぁ。どんな感じなんだろうか。

　胸が高鳴る。ずっとずっと、感じていたいくらいに胸が幸せのぬくもりに包まれていく。

　そしてそれは、さらに強まる――。

「先輩、朝ですよ。起きてください、先輩」

優しくゆすられる。そこに強引さはなく、かといって柔らかさもない。孝志くんらしい、優しくも男らしい揺さぶりが私を眠りから覚まそうとしてくる。

もう目を覚ましているのに、どんどん覚醒していく感じがしてしまう。

あぁ、もうダメ。もう我慢できない。

「……おはよ、孝志くん」

やっぱり私は、孝志くんを起こす側でありたい。そうじゃないと私の理性が追い付かない。

きっと本気の目覚めだったら、孝志くんへの想いを暴走させて大変なことになってしまう。

だからこれからも私は、早起きをしようと心に決めたのだった。

第八章　帰り道、シャッターを切り、君想う

『そろそろ旅館を出ます。また伊豆を出る頃に連絡します』

紅葉先輩が受付で手続きをしている間、俺はエントランスで先輩を待ちながら幸太郎さんにメールを送っていた。

時刻は十時半。紅葉先輩を起こして、軽くイチャイチャして朝食を食べていたらあっという間にこんな時間だ。

チェックアウトまでの時間は決まっていても、やっぱり習慣は簡単には変えられない。

初めて先輩を起こしたけど、まさかあんなに先輩の寝起きが悪いとは思いもしなかった。

悪いというか、あれが素なのか？

あんなに強く首に抱きついてくるなんて思いもしなかった。

甘く香る先輩の素敵な匂い。

先輩のお気に入りの香水とはまた違う、先輩本来の匂いなのだろうか。ずっと嗅いでいたい、それでいて懐かしいようにも感じられた。

ふわりとした髪が手に触れる度に、愛おしく思えてしまう。

恋人として、一人の女性として。ずっとずっと一緒にいたいと思える数少ない一人として。

とても幸せな時間だった。そしてこれからもこの幸せを感じていたい。

そのためには、やっぱりまずは紅葉先輩と幸太郎さんの仲直りが必須だった。

やっぱり俺は、誰も悲しむことなく幸せでいたいから。

それが一時辛いことになっても……。幸せが壊れるかもしれないと分かっていても……。

「お待たせ、孝志くん」

「いえ、全然。考えごとをしていたらあっという間でした」

「ふ～ん？　どんなことを考えていたの？」

「えっとそれは……」

先輩が受付から戻ってきた。そばに置いてあった二つのキャリーバッグの内一つを手に持つと、そのままいつものように悪戯な笑顔を向けてくる。

多少人気のある場所だからか分かりやすく密着することはないけれど、さりげなく手を握ってくることはしてくる。

「孝志くんのことだから、ちょっとえっちなこと考えてたんでしょ～？」

そしていつものように揶揄ってもくる。

口元を俺にだけ見えるようにしてからの揶揄い。ほんのり桜色の唇が艶かしく動く。ニッコリと頬を赤くして微笑む姿は天使のようにも小悪魔のようにも見えてしまう。

どんな彼女でも俺は、自分という人間を捧げてしまうのだからどうしようもない。

それだけ彼女無しの生活は考えられなくなっているということだろうか。

あぁ、本当に俺は先輩に染まりっぱなしだ。

これで、もしも幸太郎さんとのことがバレてお別れになったときには、自分が何をするのかわからない。

だからこそ、今ある幸せを思いっきり堪能するしかない。

「どうでしょうかね」

「今朝のことかなぁ～？　それとも膝枕のときのことかなぁ～？」

「想像におまかせします」

「じゃあ、昨日の混浴だ！」

「……っ!!?」

「おや、図星？」

図星も何も、昼間から混浴の話をしてくるとは思わなかった。

昨日のアレは、お酒が入らないと俺の中では思い出したくないほどに刺激的すぎる体験だったから。

もちろん忘れたいわけではなく、むしろ忘れるわけがない。

それどころか、気を抜いたらまた熱暴走を起こしかねない。

それほどまでに昨日の混浴は、格別に刺激的で官能的だった。それこそ、夢のように。

けれど、それは現実のもの。その証拠に何度も先輩の柔肌に泥パックをこすりつけていた両手は、一夜経ってもスベスベしている。

普段の生活はおろか、一人で温泉に入っていても手や肌がスベスベになるなんてありえなかった。

「ふふ、手なんて見つめちゃって。そんなに私のこと触りたかったの？」

「……ええ、もっと触っていたいです」

気が付けば、本音をこぼしていた。

手を握り返すように、一度包まれている手を離し今度は俺が先輩の手を包み込む。

優しく。壊れないように。繊細な指を一つ一つ丁寧に包み込む。

キュッと、指と指が絡みつくように先輩の手を握り包む。

先輩は何も言わない。また揶揄うタイミングを窺っているのだろうか。

そんなことを考えて顔を見れば、そこにいたのは真っ赤に赤面した美人だった。

「――――へ？」

いつもの余裕そうな表情はどこへやら。目を背けて、口をポカンと開けて、表情が固まっている。

普段と違う反応に、とても困惑してしまう。

「えっと、先輩……？」

「え、あ……にゃ、にゃにゃに!?」

おまけに、にゃにときた。こんなに様子のおかしい先輩は初めてかもしれない。

酔っ払っているときでさえ、滑舌は結構ハッキリとしている紅葉先輩。

それが今はどうだろう。声を詰まらせては、モジモジしているではないか。

控えめに言って、可愛すぎてヤバい。

もちろん、今までも可愛いと思ったことは何度もあった。けれど、そこには美しさも少なからず入っていた。

けれど今はどうだろう。深紅の髪に負けないくらいに真っ赤に染まった頬が美しさをかき消すほどに可愛さを引き立たせている。

こんな先輩に胸がときめかずになにが彼氏だろうか。

「いやその……急に固まったので何かあったのかなぁって……」

「あのね、その」

「はい」

正直、我慢せずに抱きついてしまうという手もあった。いくら人目につくエントランスにいるとはいえ、まだ他の客はおらず、従業員もまばら。何ならチェックアウト済みで気まずい思いもそれなりに抑えられる。

それでも抱き着くことをしなかったのは、ちゃんと先輩が正気のときにしたかったからかもしれない。

公平な状態で、きちんと愛を確かめたかったのかもしれない。

とはいえ、だ。先輩が今、どんな気持ちでいるのかも知りたい欲は当然のように持っている。

だからこそ、本気で先輩を正気に戻そうとしなかったのかもしれない。

それが、先輩にとって大事なことになるとは知らず――。

「無理……」

先輩がうつむきながらボソリとつぶやく。無理と。俺の耳にハッキリと届く。

先輩の本音なら、仕方ないか。残念な気持ちを押し殺すようにして、先輩を慰めようとしたその時だった。

「かっこよすぎて、無理……っ」

今度はハッキリとした声で言われた。かっこよすぎて無理、と。

「それはいったいどういう」

わけがわからなかった。

俺がかっこいいなんてありえないし、先輩がそう思う理由に思い当たるものがなかった。

だからこそ俺は詳細を聞きたくてたまらなかった。

その言葉の意味を。赤面の理由を。先輩のことをもっともっと。

「ちょっとだけ、ほんのちょっとだけ外の空気吸ってくる……っっっ!!」

「ちょ、先輩――っっ⁉　って、行っちゃった……」

問い詰める間もなく、先輩は必要最低限の小荷物だけもって、受付を抜けて伊豆の商店街へと抜けていく。

今朝の天気は快晴。雲一つさえない、サンサンとしたお出かけ日和。

だというのに、どうしてだろう。俺の心のほうが晴れ晴れとしているのは。

さっきまでの不安はどこへやら。可愛すぎる先輩の一面を見られて、俺は不安よりももっと先輩の可愛いところを見たいと思ってしまっている。

最後くらい、明るく終わりたい。ちょっとくらい、分不相応な夢を見たって、いいよな。

そうして俺は追いかけるようにして、伊豆の商店街へと歩を進めるのだった。


「あの先輩……？」

「何かしら」

「ちょっと、近過ぎませんか？」

「孝志くんは私とくっつくのは嫌い？」

さっきまでの熟れたトマトのような赤面がなかったかのようなニコニコ笑顔の紅葉先輩に、戸惑いを隠せない。

伊豆高原駅で帰りの電車を待つ最中、ホームのベンチで先輩と俺はぴっとりとくっついていた。

目の前には同じく電車を待つ人たち。先輩のことばかり気にしてしまうから詳しくはわからないけれど、少なくとも誰からでも見られる位置であることには変わりはない。

それでも先輩はくっつくことをやめない。ぴっとりと。腕を組み、肩に頭を乗せ、しまいには俺の手を取り自身の太ももの上に置く先輩。

普段のイチャイチャとはまた違うアプローチ。理性を失うほどの過激なことは一切ないのに、愛おしさはむしろ今までの比じゃないくらいに膨らんでいく。

「嫌いじゃないですよ。嫌いじゃないですけど、人前でこんなに密着されるとそのですね……」

　こんなの、嫌いという方がどうかしてる。

　もちろん人に注目されるのは相変わらず苦手だ。どこでも人の目を集めてしまう先輩とは違って、俺はそういったものとは無縁だったから。目立つというのを極力避けたい。

　けれど、どうしてだろうか。今日に限っては、口で言うほど人の目に嫌悪感を覚えない。

　大学内や大学周辺と違って、俺たちを知る人がいないと分かっているからだろうか。

　だからといって、苦手意識がなくなるわけではない。だけど、なんというか……。

「ふふ、ドキドキしちゃう」

「……ですね」

　たまにならこの感覚も悪くないのかもしれないと考えている自分がいる。

　きっと、先輩とこんなにも密着しているからだろう。

　ちょっぴり弾力のある太ももの上で、キュッと先輩の手を握る。当然、恋人繋ぎ。

「私もだよ。私もいっぱいドキドキしてる。だからさ、孝志くん」

「はい」

「これからも、いっぱいドキドキしようね」

ズキリと痛む。こんなに無邪気に笑う先輩に隠して幸太郎さんと会わせようとしている後ろめたさに。

それと同時に、ドキドキが加速する。このドキドキを忘れたくない。ずっと、ずっと忘れてしまわないように、今の瞬間を記録しないと、だよな。

あと何度こんなやり取りができるだろうか。今ので最後かもしれない。電車に乗ったら、俺の前だけの先輩ではなく余所行きの先輩になってしまうかもしれない。

そう考えたら勝手に体が動き出していた。

「そうですね」

パシャリ。空いている手でスマホを操作して今の俺たちの様子をカメラに収める。

今朝の先輩の寝顔を撮るときとは違って堂々と。先輩に揶揄われること覚悟で、ツーショットを撮ってみた。

「急に写真撮るからびっくりしちゃった。いったいどうしたの？」

「いや、せっかくの伊豆旅行ですし写真に残しておきたくて」

「忘れちゃったらまた来ればいいのに」

「念のためです」

「そう？」

そう。念のため。もしものため。

もしものために、今の幸せを保存しておきたい。ただそれだけ。

「じゃあ、もっと念を入れとかないとね」

「え、ちょ……」

様々な思いを込めて先輩とのツーショットを保存すると、先輩が何か思いついたのか、ふいに俺のスマホを持ち上げる。

そして、さっき俺がしたようにツーショットの構えを取る。

さっきと違うのは、先輩が意図的に顔を近づけていること。女性は自撮りが好きとは聞いていたけれど、ここまで顔を近づけるものなのだろうか。

ちょっとした疑問を抱いていた、その刹那のことだった。

「はい、チーズ」

チュッ。

頬に柔らかくも熱い感触。そしてカメラにバッチリと収められたその写真に、頬が急激に温度を上げていく。

「〜〜〜〜っっっ!?」

かった。

即座に保存された写真は紛れもない、先輩とのキスシーン。

それは今までのどのキスよりもあっさりとしているはずなのに、どうしても目が離せなかった。

こんなキスもあるのかと知ると同時に、まだ終わりたくないと願ってしまう。

もっといろんなキスをしたい。純粋無垢な、少し幼げな可愛らしい笑顔の紅葉先輩をもっと見ていたい。

今だけじゃない。もっと、もっともっとこれからもまだまだ知らない先輩を見ていたい。

決めたのに。どんなことがあっても受け入れようと心に決めていたのに、また揺らいでしまった。

先輩の言動一つ一つが俺の心を動かしてやまない。

あぁ、別れたくないなぁ。まだまだ先輩とやりたいことがあるのに。先輩がいたから、どんなことも頑張れた。知らないことをたくさん知ることができた。

まだ知りたい。もっともっと知りたい。

先輩ともっと知っていきたい。まだ別れたくない。

心が再び固まっていく。今度は絶対に先輩にしがみ付くのだと。

振られたらなんだ。また振り向いてもらえるように努力すればいい。たとえ先輩が他の

人を好きになったとしてもその恋は全力で応援するし、かといって諦めるわけでもない。

やっぱり先輩に振り向いてもらえるよう、必死に努力すると思う。

結局俺は、先輩がいないとどこまでもダメなのかもしれない。

「えへへ、こういうキス初めてかもしれないね」

「そ、そりゃ自撮りしながらキスなんてやったことないですもの……」

「ううん。そうじゃなくて、さっきみたいな愛情を伝えるだけのキス」

先輩の言葉に、無意識的に唇へと視線が向かう。

何度も何度も重ね合わせてきた、柔らかな唇。ほんのりと桜色の、しっとり感のある唇。

じっと見つめて先輩の次の言葉を待ってしまう。

「もっと、しようね。イチャイチャもキスも。今日だけじゃなくて、明日も来月も来年も。ずっとずっと、いっぱいしようね」

「……当たり前ですよ」

「私は、本気だから」

もしかしたら、バレているのかもしれない。そう思わずにはいられないほど、先輩は真剣な目をしている。

それでも俺は肯定しない。言葉を詰まらせながらも、いつも通りに振る舞う。

先輩の様子が、いつにも増して真剣だと分かっていても。

やがて帰りの電車がやってくる。ここから数度乗り換えて、最寄りの駅まで戻る道のり。

その間にすることは決まっている。

今の幸せを、噛み締めることだ。


帰りの電車の中は、行きと違って静かだった。

遊び疲れたのか。伊豆旅行の思い出に耽っているのか。それとも、伊豆とは全く関係ないことだろうか。

いつになく、澄んだ表情をしている紅葉先輩についつい、綺麗な景色はそっちのけで見惚れてしまう。

それでもやっぱり、普段の先輩とはちょっと違う。少なくとも、いつもだったら見惚れているのにすぐ気付き揶揄ってくるから。けれど、今の先輩は先輩で、とても好きだ。

甘えた表情で揶揄われるのも、考え事をしている彼女の横顔を写真に収めるのも、恋人である俺の特権なんだから。

「あ。もうこんなに撮ったのか」

電車を乗り換える頃には、一スクロール分の先輩フォルダーが出来てしまっていた。

「〜〜〜♪」

外を眺めながら、鼻歌を歌い長く目を閉じる先輩。

「あ……っと」

喉を潤すためにお茶を口に含もうとしてキャップに阻まれる先輩。

「んー……どうしよ……」

チラリとスマホを気にする先輩。

何か動きがある度に、写真を撮らずにはいられなかった。いつの日か先輩が言っていた、写真集を自作するのもそう遠くないのかもしれない。

もちろん、関係が続いていればの話だけれども。

「いや、ダメだよな。そういうの考えたら」

「ん〜、なんの話？」

「あ、いえ何でもないです」

ついつい独り言を言ってしまっていたみたいだ。幸太郎さんのことをバレたくないって思ってるのに、先輩のことを考えると気が緩んでしまう。

なんでもないわけがない。

ずっとずっと先輩と一緒にいたい。そばにいるだけじゃない。同居や、その先の話だっていつか……。

　したいことはいくらでも出てくる。だからこそ、未練たらしく独り言を言ってしまったのかもしれないけれど。

「ダメだよぉ、電車の中で変なこと考えたら」

　当の本人には、幸か不幸か俺の内情は伝わってないみたいだけれども。

　俺は内心ホッとしながら、毅然とした態度で応えるように言った。

「まだ考えてませんよ」

「ふぅん？　まだ、ねぇ？」

「あー……」

　どうやら俺は墓穴を掘ってしまったのかもしれない。

　まだと軽率につけてしまったのが失敗した。おかげで先輩のスイッチが入ってしまった。

「孝志くんはいったいどんなエッチなことを想像したのかなぁ～？　やっぱり温泉のときの？　それとも私を押し倒しちゃったときの？」

「まだ考えてないって言いましたよね⁉」

「でもそのうち考えちゃうんでしょ？」

「う……」

先輩の言葉を否定しきれない自分が情けない。エッチなことを考えてしまう自分がではなく、先輩の思うままに動いてしまう自分が。

今は確かにそういうことは考えてなかった。というより、考える暇もないくらいに先輩の一挙手一投足を記憶と記録に残すのに必死だったから。

最後の瞬間かもしれない出来事の連続を捉えるのに集中して、伊豆旅行を振り返ることができていなかった。

もちろん忘れたわけじゃない。忘れられるわけがない。あんな苦しくても幸せな時間はそうそう過ごせるものじゃない。

いや、先輩相手だったからこそ苦しさがあったのかもしれないけれど。先輩が魅力的だからこそ、苦しくもなり幸せにもなる。

後にも先にも、先輩以外にはこんな感情にはならないだろう。

そもそも、先輩以外に俺を好きになってくれる人がいるのかも怪しい。

そんなことを考えていると、先輩がふふっと表情を和ませる。

「なんか、久々かも」

「そうですか?」

「うん。伊豆にいたときは、なんというかどこか現実逃避してる感じが私の中にあって、結構フワフワしてる感覚があったの」

「今は違うんですか？」

「うん。違う。全然違う。やっぱりなんでもない日常の中で孝志くんと過ごすのが好きなんだなぁって、今まさに実感してるよ」

「そう、ですか」

言われてみれば、伊豆高原駅で帰りの電車を待っているときから普段の先輩に近かった。

それは少なからず、普段の先輩とは違うと感じていたからなのかもしれない。

けれど具体的にどんな感じに違うのかと聞かれたら怪しい。

普段から先輩は真面目で、かと思えば過激で刺激的で、でもたまに見せる照れた表情がとてもかわいい女性だから。

強いて言えば、先輩のかわいらしい部分がより鮮明に映し出されていたのだろうか。とても、そう、とても夢のような時間を過ごせた。

けれど、やっぱり俺が好きなのは真面目な一面を含めた先輩なんだと改めて気づかされる。

でもまぁ……。

「孝志くんはどう？　特別と日常、どっちが好き？」

「俺は――」

「うん」

先輩に問われる前からもう答えは決まっていた。というか、決めるまでもないことだった。

だってそうだろう。ずっとずっと、心の中で言ってきたことなんだから。

「先輩といられるならどこでも」

一瞬、ポカンとする先輩。けれど、それは一瞬だけ。

「そっか……。うん、そうだね。確かに私も孝志くんといられるならどっちでもいいのかもしれない。ごめんね、変な質問して」

少しの間、目を閉じたかと思いきや、幸せそうに口角を上げる紅葉先輩。どうやら、先輩はご満悦(まんえつ)のようだ。

「じゃあ、普段通りの生活に戻っても伊豆のときみたいに、いっぱいイチャイチャしようねぇ～」

「もちろん。望むところです」

望めるなら、いくらでも望みたい。先輩とまだまだイチャイチャできるのなら、いくらでも。

些細な願いでもいい。ほんの短い時間でもいい。望みがかなうなら、どうかお願いします。

この幸せな時間がもっと続きますように。

欲を言うなら、ちょっぴりエッチな紅葉先輩の写真も欲しいけど、そんなことを頼む勇気はない。

少なくとも今は自分のことより、先輩のことが最優先なのだから。

――先輩のお父さんとの待ち合わせの時間まで残りわずかなのだから。

「そろそろ着くね」

「ですね」

電車は間もなく、二度目の乗り換え駅熱海。ここから再び小田原で乗り換えれば、もうすぐ日常に戻れるところまで来た。

そして、俺の日常も、きっと……。

終わってほしくないときほど終わりは唐突にやってくる。待ってくれと言わせてもくれず、先延ばしにもできない。

俺はただ、紅葉先輩の決断を受け入れるしかないのだから……。

先輩の手を取り、俺は電車を降りた。

◇閑話(かんわ)◇

孝志くんはずるいと思う。

私がぐっすり寝(ね)ている間にお父さんと電話をしていたのはなんとなく想像できているのに、なんにもなかったように接してくるんだもの。

知ってるよ？　私のためだっていうのは分かってる。それでもやっぱり何も言ってくれないのが本当にずるい。

孝志くんなりの考えがあってのことだと分かっていても、気になってしまう。

もちろん、それを表に出してしまったら孝志くんの努力を水の泡(あわ)にしてしまうから、そんなことはしないのだけれども。

「ね、帰ったらカレー食べない？」

「カレー、ですか？　別に良いですけど、どうしたんですか急に。和食続きで洋食が食べたくなったとかですか？」

私の唐突な提案に、孝志くんは不思議そうな顔をして返してきた。

それもそうだろう。まだ晩御飯(ばんごはん)の時間には早いのだから。

それでも私は聞かずにはいられなかった。孝志くんに、それとなく伝えたかったから。

今、私がどれだけ幸せなのかを。

そうじゃなかったら何でもないカレーの話をしない。

もちろんカレーの話に何の意味もないわけじゃないけれど。

「う〜ん、それもあるけどちょっとボディーケアにハマっちゃったのよね」

「ボディーケアで、カレーですか？」

「スパイスたっぷり入れて、デトックスしようかなぁ〜って」

伊豆の温泉もそうだけど、孝志くんに泥パックをされた昨日の夜から、ボディーケアをもっとしようと心に決めた。

化粧水（けしょうすい）や乳液など今でも十分にボディーケアをしているけれど、どうせなら孝志くんと一緒に楽しみながらしたいじゃない？

その一つが、デトックスだった。

「なるほど。激辛（げきから）デトックスみたいなものですね」

「そういうこと。良いでしょ？」

「……もちろんです」

納得（なっとく）する言葉とは裏腹に歯切れの悪い返事。

今だけじゃない、今日起きてから様子がおかしい。理由ははっきり分かる。

お父さんがまた何か言ったのだろう。本当に余計なことしか言わない。

もちろんお父さんが全て悪いわけじゃない。お父さんがこうなったのは、元々私が原因なのだから。

「絶対だからね」

「ええ」

念を押してみても、やっぱりどこか暗めだ。

あぁ。本当に孝志くんはずるい。私が何も言えないと思って。何も気付いてないと思ってそんな似合わない作り笑いをして……。

私、知ってるんだからね？　最初の電車の最中、夢中で写真撮ってたの。

気づかないフリをしてるの、知らないでしょ？　ちゃんと君のこと見てるんだからね？

だから楽しそうなことを考えた後に暗い表情になっているのも知ってるよ。

お父さんから何を言われたのか知らないけど、私が君の不安を全部吹き飛ばしてあげる。

大丈夫。私はもう、逃げないって決めたから。ちゃんと、お父さんに言ってみせるから。

――もう、お父さんの助けがなくても十分に大人になれたよ、ってね。

『まもなく、白雲大学前。白雲大学前。お出口は左側です』

数日ぶりに、私たちの街に戻ってきた。

どうせ、孝志くんとやりとりして駅前か家の前にいるんでしょ、お父さん。

「それじゃあ、行こうか」

さっき、孝志くんにされたように今度は私が彼（かれ）の手を引く。

いつまでも彼に甘（あま）えっぱなしの私じゃいられない。

ちゃんと、孝志くんにも今の私を見てもらいたいから。

「……最後まで、見ていてね」

改札階へのエスカレーターに乗りながら、私はポツリとつぶやく。

返事はない。それでいいのかもしれない。返事があったら、きっと甘えてしまうから。

今だけは、お父さんと向き合うときだけは、しっかりと自分を律していよう。

そんなことを考えている間に、白雲大学前駅の改札を出る。

「えっと、ちょっとだけ下の喫茶店（きっさてん）でお茶しませんか？」

私は、孝志くんに誘導（ゆうどう）されるまま駅前の喫茶店へと足を進めるのだった。

「……待っていたよ、紅葉」

「うん、私もそんな気がしてたよ」

両者、喫茶店の奥で席に着いて顔を合わせる。決して俺のことは口にせずとも、紅葉先輩の様子を見るになんとなく察していたのだろう。

幸太郎さんが店内にいるのを確認するや否や、足早に店の奥へと向かったのがその証拠だ。

いつからだろうか。いつから幸太郎さんと連絡を取っていたと気づかれていたのだろうか。

いやそもそも、気づいていたのならどうして素直についてきてくれたのだろうか。先輩に内緒で先輩の苦手とする人物と引き合わせようという、ひどく警戒されても仕方ないことをしたというのに、どうして俺の手をギュッと握ったままなのだろうか。

「今日も、そういうつもりなのか？」

「ううん、今日はちゃんと話すよ。だけどそれとこれは別。孝志くんが好きだってことは隠したくないもの。お父さんだって、お母さんのこと毎日好き好き言ってるでしょ？」

「……今、陽花は関係ないだろう」

「じゃあ違うんだ」

「違うわけないだろ。もしも陽花がいなくなった日には俺も後を追うぞ」

「私もそういう感じ。私には孝志くんがいないといけないから」

「うむ……」

この間の険悪ムードとはまるで違う、仲睦まじい親子二人。いさかいがあるなんて到底信じられないくらいの距離感に俺は、夢を見ているんじゃないかとすら思ってしまう。

けれど確かに今は現実。先輩に握られた手がジンワリと熱くなる。

「あ、あの……話があるんじゃ……」

俺は想像していた展開とは違って仲の良さげな二人に困惑しながら、間に割って入る。

もちろん先輩と手はつないだまま。

じろりと幸太郎さんに睨まれながらも、俺はまた二人の様子を窺う。

「む？　あぁ、そうだった。紅葉がまた変なことをするんじゃないかって心配でつい」

「お母さん大好きなお父さんには言われたくないわね」

「また紅葉は……」

「いや、うん。ごめんなさい。ちゃんと謝ろうと思っていたのに、お父さんを前にするとつい今までの感じになっちゃって……」

「謝る、だと？　紅葉が私に？」

先に動いたのは紅葉先輩だった。

さっきまでの軽口を言いながらも、目が笑っていない状態から一変。真面目なときの紅葉先輩に様変わりしていく。

ニコニコと緩んだ口元はキリッと引き締まり、普段から整っている姿勢もよりピンとしている。

そしてしっかりと相手を見据えるように鋭くもまっすぐな目をしている。

けれどやっぱり父親を前にしているからか、そこは普段より優しめ。というより、気持ちが安定していない。

「あはは、やっぱり今まで酷い態度取ってきたから、急にどうしたって警戒するよね……」

あははと笑いながらも、そこに覇気はあまり感じられない。

不安になるも俺が口出し出来ることじゃない。俺はただ、先輩を幸太郎さんの前に連れてきたことで役割を終えたんだ。

もちろん、俺自身の気持ちはある。けれど、それを出すのは今じゃない。もっと、紅葉先輩と幸太郎さんが心を通わせてからだ。

そんなことを考えていると、幸太郎さんが怪訝な表情をして首をかしげる。

「いや、そうではなく私が謝らねばと考えてたものでな……」

「え？」

「ん？」

短い言葉を発しながら見つめ合う紅葉先輩と幸太郎さん。

どうやら、互いに謝るつもりだったらしく、二人して軽いパニックになっている様子。

それでも動かないという選択肢はなく、先に動いたのは幸太郎さんだった。

「孝志くん、どうやら私は君を誤解していたみたいだ。先に前回の件を謝りたいと思ってな」

「謝るって、俺にですか⁉」

てっきり謝罪の先は紅葉先輩だと思っていたため、思わず驚いてしまった。

というか驚かずにはいられない。伊豆で電話したとき、俺の提案に乗ってくれただけでも十分だと思っていたから。

謝罪なんて想像もしていない。というか、謝られることすらおかしく思ってしまう。

仮に俺が幸太郎さんの立場だったら、娘が転がり込んでいる部屋の主の男を警戒して当たり前だろう。

「前回君の部屋に伺ったときは、紅葉に害をなす疫病者にしか見えていなかったからな」

「思ってた以上に辛辣だった……っ！」

訂正。紅葉先輩に害をなすなんてことを俺がするわけがないので、そこだけは訂正していただきたい。

とはいえだ、幸太郎さんの俺への見え方に差異はあるとはいえ、概ね納得できてしまう自分がいる。

きっと少なからず、先輩を大事にしたいという想いの暴走なのかもしれない。

そう考えたら、俺と幸太郎さんは似た者同士かもしれない。

……なんて、幸太郎さんに言ったらきっと大反発するだろう。

『父親の気持ちを知るなんておこがましい！』

頭の中で幸太郎さんが激怒する声が再生される。

けれど、そんな俺の想像とは裏腹に幸太郎さんは、真剣な表情で見つめてくる。

「けれど、今朝の電話でむしろ逆だと分かったよ。……いや、その前から散々陽花……母さんから聞かされていたんだけどな」

「聞かされていたって、どんな……」

「紅葉がのびのび出来ているのは孝志くんと付き合ってからだよ、とな」

何も言い返すことが出来ない。

紅葉先輩と幸太郎さんが仲直りすること、そして紅葉先輩とこれからも関係を築いていきたい。そんなことばかり考えていて、自分がどう思われているかなんてまるで想像すらしていなかった。

自分がどう思われているかなんて二の次だった。紅葉先輩の悩（なや）みの解決が第一だし、その中に幸太郎さんのことだって含まれている。

「私は納得してしまったよ。確かにそうだった。家を出るまでは、紅葉は私に意見をいうどころか強く反発するなんてことはしなかったからな。けれどそれは、不満がなかったわけじゃなく、娘に我慢（がまん）させていたことに他ならなかったんだなと思い知らされたよ」

「……」

やはり俺は何も言えない。

けれど、心の中でならいくらでも言える。俺のことを誤解していると。俺はそこまで高尚な人間じゃないと。

違いますよ、幸太郎さん。俺はただ、紅葉先輩と一緒に過ごしているだけです。のびのびさせようなんて、考えたこともない。俺はただ、先輩が好きなことをして幸せならそれでいいと思って過ごしてきただけですから。

頭の中で訴えるだけならいくらでもできる。けれどこれを言葉にするには、まだまだ勇気が必要だった。

そうこうしているうちに、幸太郎さんの視線が紅葉先輩へと向く。

「紅葉もすまなかったな。お前のためを想ってしたとはいえ、いらないお節介だったかもしれないな。これからは自由に過ごしていい。本来、もう二十歳を越えているんだしな」

「勝手なこと言わないでよ……」

「紅葉先輩？」

ボソリと不満を溢す先輩。溢すだけでは止まらない。

「今更そんな優しくされてもどうしていいか分からないわよ。いらないお節介？　私が頼んだのに？　お父さんみたいな立派な大人になりたいって、小さい頃の私が頼んだのに、それがいらないお節介？　どうしてそうなるの」

胸の内に隠していたであろう本音を、鋭くも優しい目つきで幸太郎さんにぶつける。

厳しい口調だけれども、表情を見ればこの間とは違うのは明らか。

とても……とても、感涙にむせんでいたから。

「……すまない」

「謝らないでよ。謝るのは私。小さい頃に言ってたことをつい最近まで忘れてたんだから。お父さんは律儀に守ってただけでしょ」

「それは違うぞ、紅葉」

「違うって、何が？」

「ただ紅葉に言われたから、紅葉との約束を守らなければという想いだけで厳しくしてたわけじゃないからな……」

紅葉先輩に釣られてなのか、幸太郎さんもポツポツと本音を口にしていく。

紅葉先輩が小さい頃の約束。それが一体どんなものなのか、俺には知る術はないけれど少なからず二人の関係性が変わってしまうくらいに大事なものなのは間違いない。

それがどんなものなのかを割って入って聞くほど無粋じゃないし、きっとこれからも俺から聞くことはないかもしれない。

今の俺には関係ない。紅葉先輩と幸太郎さんがどんな約束をしていても、今が幸せであることに変わりはないのだから。

それよりも今は、二人の仲が修復されていくのが一番だ。

「その、なんだ……嫌だったんだよ。紅葉に変な男が寄り付くのが。紅葉は陽花に似て可愛らしくもあり美しくもある。そんなお前が心配で心配で仕方なかったんだよ」

「えっと、だから門限を厳しくしてた……と……？」

「そういうことになるな」

「……はぁ」

幸太郎さんのカミングアウトに気の抜けた声を出す先輩。

というよりも安心して、ヘナヘナとピンと伸ばしていた背筋が少しだけ曲がっていくのが分かる。

それもそうだろう。嫌っていると、嫌っているから厳しくしてたと思っていた父親が、自分のために、自分のことを愛しているからこそ厳しくしていたなんて誰が思うだろうか。

自然と、先輩の強張った表情も和らいでいく。和らぐしかない。

何せ、厳しいと思っていた父親はただただ娘のことが大好きな親バカだったのだから。

「すまないな、こんな父親で。幻滅したろう？」

「どうして幻滅しなきゃいけないのよ。むしろ安心して腰が抜けそうよ。嫌われてるのかと思ってたから」

「嫌うわけがないだろう。伝わってないかもしれないが紅葉のことを第一に考えているんだぞ？」

「そんなこと言っていいの？　お母さんに知られたら怒るかもよ？」

「陽花のことも第一だから大丈夫だろう」

「ふ～ん？」

どうやらただの親バカではなく、家族のことを愛してやまない家族バカなのかもしれない。

正直うらやましい。俺は幸太郎さんほどストレートに物事を伝えられるわけでもなく、先輩みたいに気持ちをそのまま伝えることも出来ない。

相手のことを考えて、考えて、搾り出た想いが言葉になってしまう俺とは大違いだ。

そしてまた、紅葉先輩が気持ちをあらわにする。

「それで？　孝志くんのことはどうするの？　前は認めない、みたいなこと言ってた気がするけど」

「こないだのことをチクチクついてくるなぁ、紅葉は」

「私のことはいいけど、大事な恋人のことは別だもの」

「誰に似たのやら」

「さぁ～？」

お互いに感情をぶつけ合ったことで、自然と笑顔で向き合う二人。俺もついつい和んでしまう。このまま平和に、何事もなく終わればいいのに。

そんなことを思っていると幸太郎さんの視線が俺に向く。

「では、孝志くん」

「は、はいっ⁉」

てっきり紅葉先輩の件が落ち着いて、このまま終わりかと思って油断していた。

というよりも安心してしまっていた。幸太郎さんからの厳しい言葉や、今回の件で手引きしたことで紅葉先輩に嫌われてしまうんではないかと、内心ビクビクしていたから。

だからこそ、すっかり自分のことなど気にもかけていなかった。

そんな俺に、幸太郎さんはニコリと微笑んでくれる。

「そう緊張しないでくれ。さっきも言ったが、君には感心しているんだ。わざわざ連れ去った恋人の父親に電話をかけるなんて並大抵の勇気じゃない」

「そう、ですかね？」

「少なくとも普通の人は躊躇する」

笑った表情が紅葉先輩のものと重なる。やはり親子なんだなと実感させられる。

そんなときだった。

「当たり前だよ。孝志くんが普通の範疇に収まるわけないもの」

「あの、紅葉先輩何を……」

「孝志くんはね、ちゃんと自分を律することが出来るの」

「具体的に教えてもらおうか？」

「ちょ、先輩ストップです！　これ以上はまずいですって！」

　意気揚々と俺と幸太郎さんのやりとりの間に入ってくる紅葉先輩に、とてつもなく嫌な予感を覚えた。

　止めないとやばいことになるのではないか。律するという言葉に危機感を覚えずにはいられなかった。

　けれど俺のやばいという想いは先輩にはうまく伝わりきらない。

「ダメよ。ちゃんと孝志くんのいいところをお父さんに伝えないと！」

　正直、嬉しい思いが半分以上を占めている。それはそうだろう。大好きな彼女が俺のいいところを口にしてくれる。それだけで俺は先輩と一緒でよかったと思えてしまう。

　けれど、少なくとも今じゃない。もっとこう……二人っきりのときに言ってもらいたい……。

　もちろん、この想いもまた先輩には届かない。

「私、彼と混浴したの」

「よし小僧、そこに首を出せ。切り落としてやる」

「ほらやっぱりこうなる!!!」

嫌な予感、的中。優しい笑顔の幸太郎さんが、般若の如くドスの利いた声を向けてきた。

「落ち着いてお父さん」

「これが落ち着いていられるか！　前にも思ったが、ちょっとくっつき過ぎじゃないのか!?」

幸太郎さんの言い分はごもっともだ。俺だってそうする。

子供どころか結婚すらしていない俺だけれども、大好きな紅葉先輩が俺以外の男に小さくでも微笑んでいるのを見ると、黒い感情が湧き上がってしまうときがある。

嫌だ、と。俺だけを見ていてくれ、と。心の奥底から俺自身に訴えかけてくるようにして、何もかもを押しのけるようにして感情が湧き上がる。

先輩の笑顔が俺に向けばあっという間に浄化はされてしまうけれど、それでもやっぱり嫌なものは嫌だという想いは残り続ける。

もちろん、こんな自分を先輩に見せるわけにはいかないけれど。

「そりゃそうよ。孝志くんも私も、お互いのことだぁい好きだもの。そうよね、孝志くん」

「えっと……はい」

「ね？」

「ぐ……っ！」

蕩けるような笑みの先輩に、俺はいつものように惚けて返事をする。心を奪われ、気持ちを操られているかのように、幸太郎さんと同調して浮かび上がってきたモヤモヤとした想いがあっという間に消え去った。

それどころか、お互いに大好きという言葉だけで有頂天になってしまう。

幸太郎さんからしてみれば、有頂天どころか怒り心頭ものだ。

「それで混浴したことと孝志くんが自分を律せられることのどこに関連があると言うんだ。自慢するだけなら、私は再度紅葉たちの付き合いについて考えないといけないが。もちろん、混浴のことを陽花に報告した上でな」

いくら同居の手引きをしてくれた紅葉先輩のお母さんでも、混浴をしたとあれば話は違ってくる。

先輩が同居の荷物を持ってきたときに渡された手紙に書いてあったことを思い出す。

『娘をどうか末永くよろしくお願いしますね』

ここだけを見ればなんてことないけれど、電話越しでの彼女の様子を鑑みるとこういうことになるだろう。

――へタなことしたら許さないわ、と。

本人に聞いたわけではなく、かといって本人に聞けるわけもなく、ただの憶測でしかないけれど、どちらにせよ混浴のことを報告されて同居が解消になったら困る。

混浴の報告をすることへの恥じらいはあるけれど、混浴自体にやましいことは何もない。あの時間は紅葉先輩と俺にとって大事な時間だったから。そしてそれは紅葉先輩も一緒だと信じたい。

そうでなければ、怒られると分かっていながら混浴したことを父親に報告なんてしないだろう。

「違うの。自慢とかじゃなくて」

「では、簡略的に」

「手を出されなかったの」

一瞬だけ、幸太郎さんの視線が同情するようなものに感じられた。

けれどそれは本当に一瞬で、実際にそうだったのか確証はない。

そんなことよりも、もっと大事なことがある。

「……君、私の娘がそんなに魅力的じゃないのかね？」

「そんなわけないじゃないですか」

「ではなぜ手を出さない。いや、出したら出したで君を断ずるけども」

　俺にどうしろと、なんていうツッコミは御法度だろう。幸太郎さんなりの紅葉先輩への愛を感じるから。

　そして俺も、俺なりの紅葉先輩への愛をぶつけるのが筋だろう。

　滅多に表に出さない、出す機会がなかった想いを口にしていく。

「だって、俺たちはまだ学生ですもの。いくら二十歳を越えているとはいえ、何から何まで自分たちだけで生活できているかといえば違います。学費や家賃、食費なども親に頼ってばかりです。なので、おいそれと手を出すなんて軽率なことは出来ませんよ」

「……」

「って、同居や混浴をしといて何を言ってるんだって話ですよね。すみません、生意気に」

「……いや、紅葉が君を好いている理由がよく分かったよ」

「じゃあ、もしかして！」

「だが紅葉と孝志くんの付き合いを認めるかは別問題だ」

「お父さんの意地悪！」

　想いが届いたのもつかの間。やっぱりそう一筋縄ではいかない。

それでいい。わかっていた。そんな簡単に幸太郎さんを説得できたら苦労なんてしてない。

「まぁそういうな。紅葉たちにとって悪い話じゃないさ。言ったろ？　私は孝志くんを評価してるんだ」

……そう、簡単じゃないはずなんだけど、ちょっと様子がおかしい。

どうして幸太郎さんは俺の肩をがっちりつかんでいるのだろうか。

どうして俺の目を真剣に見つめているのだろうか。

どうして俺はこんなにも、心が落ち着いているのだろうか。

どうして、どうしてどうして……。わからないことだらけ。けれど、それでいいのかもしれない。深く考えずに済むから。

それに――――きっかけが唐突だなんて、今に始まったことじゃない。

「ちゃんと紅葉を幸せにしろ。絶対に泣かせるな。それが父親として紅葉との付き合いを認める条件であり、願いだ。どうだ？」

「もちろんです」

俺は即答した。

「ははっ、こりゃ参ったな。そっくりだ」

「そっくり、ですか？」

「いや、私の話だ」

「そうですか……」

幸太郎さんが何を思い浮かべたのかは知る由もない。それに今はそれどころじゃない。

認められたのだから。先輩と付き合うことを、幸太郎さん直々に認めると伝えられたのだから。

うれしくてうれしくて、あまりにも予想だにしてなかった展開に感情を表に出すことすら忘れてしまう。

けれど、それでよかったのかもしれない。もし仮に感情をあらわにしようものなら、紅葉先輩にどんなことをするか分からない。

そんなことを考えていると、幸太郎さんが身支度を整え始めた。

「よし、それじゃあ私は帰るとするかな。せっかくの半休を取ったんだ、たまには陽花とのんびり過ごすとしよう」

「たまにって言いながら、お父さんとお母さん割といつもベタベタしてない？」

「いつもではないぞ!?　何をいうんだ急に!!」

「本当かなぁ～」

「当たり前だ。いくら夫婦とはいえ、ずっとベタベタしてしまっては家事の邪魔になるだろ」

「じゃあ家事してない時だったらベタベタしてるんだ」

「ええい、いい加減にしないか！」

「ふふ、ごめん。お父さんとこうやって面と向かって話すの久々で、つい楽しくなちゃった」

「まったく……」

紅葉先輩との会話の最中も、再び席に着くことはなかった。

そしてそのまま鞄を手に取り、一足先にレジへと向かおうとする幸太郎さん。

「ああ、そうだ。孝志くん、時間ができたらでいいから一度うちに顔を出しなさい」

「――へ⁉」

「そう警戒するな。紅葉がどう育ってきたのか、気にならんわけではないのだろう？」

「それは、そうですが……」

「では尚更、来るといい。心配ない、ちゃんともてなすさ」

「あ、ありがとうございます！」

「うむ」

紅葉先輩の実家へ行く楽しみを胸に、俺は紅葉先輩と手を握りながら幸太郎さんが退店するのを見送った。


「それじゃあ、カレー作りましょうか」

「それはいいんですけど、随分本格的な感じで作るんですね。てっきりカレールーを買ってきてササッと作るものかと」

「簡単に作ったら、孝志くんとの思い出も簡単に作ったみたいになっちゃうじゃない」

「なりませんよっ⁉」

「私の中ではそうなの。だから、ほら早く作ろ？」

幸太郎さんとのやり取りがあった後にもかかわらず、先輩はいつも通りだ。

いつも通りやることが唐突で、それでいて先輩らしくてドキドキしてしまうけれど。

だってそうだろう？　こんなにも素敵な笑顔を恋人に振りまかれたら、何も思わないわけがない。

なんてったって、イタズラな笑顔の先輩はとても好きだから。

紅葉先輩にときめきながら、台所に広げた食材を確認する。

ひき肉に、ニンジン、冷凍グリーンピース、そして各種スパイス。

「材料的にキーマカレーですか」

「そ！　普通のカレーだと面白みがないしね～。それに、キーマカレーって早く作れそうじゃない？　そしたらその分孝志くんとイチャイチャしたいな～って思って」

「何か思い入れがあるのかと思いましたけど、そういう理由だったんですね……」

「がっかりした？」

「……いえ、イチャイチャしたいのはその通りなので」

キュッとエプロンをつけて甘い笑顔の紅葉先輩。あぁ、やっぱり好きなんだなぁと実感してしまう。

きっと揶揄われてしまうんだろう。紅葉先輩のもう一つの笑顔を浴びてしまうんだろう。

それでも俺は本音を言わずにはいられなかった。

まだ先輩と一緒にいられる。ただそれだけで、嬉しさが溢れて本音をこぼしてしまう。

たとえ紅葉先輩に揶揄われてしまうと分かっていても――。

「えへへ、孝志くんのえっち～」

「まだ何も考えてませんよ⁉」

「本当に～？」

「本当です」

「ちなみに私は、考えちゃってた」

「……っ！」

考えちゃってた。いったい何を？　そんな野暮なことは聞かない。

俺がそうだから。俺が、先輩のそういうことを考えてしまうことがあるから。

最近はめっきり機会が減ってしまったけれど、先輩を想像しながらエロ本を嗜むことだってある。好きで好きで、先輩のそういうことをついつい思い浮かべてしまう。

だから、先輩の言葉にドキッとせずにはいられなかった。

――先輩も同じなんだ、と。

何かしらを俺に見立ててシているのだろうか？　そんなことを考えていたら頬を赤らめはじめる先輩。

「スパイスを利かせたカレーでポッポとした体の孝志くん……ふふ、素敵」

「そんな頬を赤らめるほどのことですか？」

「じゃあ孝志くんも想像してみてよ」

「俺もですか？」

「そ。カレー食べて体を熱くしてる私を想像してみて？」

先輩に誘導されるように、カレーを食べている先輩を脳裏に浮かべてみる。

辛そうにして手団扇をパタパタさせる紅葉先輩。額や首筋に無数の汗。

照れとはまた違う頬の赤み。そんな状態で呼ばれる俺の名前。

「……なるほど」

「ね？」

軽く妄想するだけでも腹に熱いものを感じられる。

それくらい、分かり過ぎるものがあった。


「ブンブンチョッパー楽し～」

「あの、楽しむのはいいんですけど、あんまりやりすぎると玉ねぎがみじん切りどころかペーストになっちゃいますよ？」

「そのときはそのときで」

「ダメですよ⁉　ひき肉と一緒に炒めるんですからねっ⁉」

今日の紅葉先輩は本当に目が離せない。それはいい意味でも悪い意味でも。

美しくてついつい見惚れて、情念を抱かずにはいられないほどの艶やかさ。

そんな彼女の唐突な茶目っ気にハラハラせずにはいられない。

手動で容器内の連動刃を回すことで食材を切り刻む便利道具、通称ブンブンチョッパー。それを手にした先輩には子供のような無邪気さがあって、そんな無邪気さが普段はイチャイチャに向けられているのではないかと、いらない考察までしてしまう。

先輩相手に油断は命取りだと分かっていながら。

「そういう孝志くんは私にばかり構ってて平気なの？」

「大丈夫ですよ。失敗する気がしません。塩と砂糖を間違えるなんてベタなことも起こりません」

「あはは～、痛いところついてくるねぇ～。でもいいのぉ？　そんなにハードルあげちゃって。期待しちゃうよ？」

「いいですよ、期待してて。簡単ですけど美味いのは保証出来ますから」

「ふぅ～ん？　それじゃあ、楽しみにしてよっかな～」

楽しそうにリズムを刻みながら、今度は唐辛子と生姜を包丁で粗く刻み始める紅葉先輩。

ビデオ通話越しに見ていたときとは全く違って、本当に手慣れた様子の包丁捌き。

よほどあのときの言葉が先輩の中で効いたんだろうなぁ。

そう思うと、じわりじわりと隣にいる先輩を意識してしまう。女性として、恋人として、もっとそれ以上の存在として……。

あまりにも現実味のない、それでいて幸せな感覚に包まれながら俺は自分の調理を進めていく。

手持ち鍋に水をなみなみ入れて火をつける。湯が沸くまでに、先輩が一通り具材を切り終わった後のまな板でネギを刻む。

カッ。カッカッカッ。ネギを刻む感触と同時に、まな板に刃が当たる。この感触が心地よくてついつい、予定よりも多くネギを刻んでしまう。

その様子を眺めていた紅葉先輩が、不思議そうに声をかけてくる。

「……もしかして、孝志くん結構手慣れてる？」

「そうですかね？　入学と同時に一人暮らししてたんでよく分かんないです」

「そう。でもそうねぇ。孝志くんがそれだけ無意識に頑張ってきたってことじゃないかしら」

どうしよう。先輩に褒められてニヤけてしまう。

褒められたくて料理をしているわけではないのに、実際にその場面になってしまうと忽ち胸が高揚してしまう。

高揚して、高揚して、顔が紅潮してしまう気がする。

「心配しないで。孝志くんの頑張りを揶揄ったりなんてしないから」

挪揄われる心配なんてしていなかった。むしろ先輩に揶揄われている時間が幸せに感じてしまう俺にとっては、ちょっぴり残念なお知らせだったりする。

もちろんそんなことは、先輩に面と向かって言えないわけだけれども。言ってしまったら、揶揄われるだけでは止まらず、料理が完成する前に俺が先輩を求めてしまうだろうから。

「よし、これでおっけい！」

「これは？」

「ん〜、目隠し壁みたいな？　ついつい孝志くんのことばかり意識して全然料理が進まない気がして。あはは〜」

「それなら一度俺が台所から出た方がいいのでは？」

「ダメ！　今は孝志くんの側から離れたくないの！」

「あ、はい」

どうしよう。今日の先輩は本当に可愛すぎて、ふとした瞬間に制御が出来なそうな気がして怖い。

けれど、先輩と俺との間に物理的な壁ができて助かったかもしれない。そうでなければ、いつ揶揄われるのか心配がずっとつきまとっていただろうから。

揶揄われるのは嫌いじゃないけれど、失敗した料理を先輩に食べさせたくない。

……いや、むしろ絶対に失敗できないプレッシャーに変わったのかもしれない。

どちらにせよ、先輩の期待に添えるような料理を出したい。

そんな一心で、前のめりに自分の作業に没頭していくのだった。


「よし、できた」

「私もそろそろできるよ～」

「じゃあ同時に見ますか」

「そう言おうかなって思ってた」

ほぼ同時に仕切りからひょこっと顔を覗かせる先輩と俺。けれど決して、下は見ない。

料理は仕切りを外してから。そんな意思疎通が目を合わせるだけで出来ていた。

ほんのりと汗をかいている先輩に嫌な予感を覚えながらも、特に焦っている様子は無かった。

むしろ自信を持っているのをビンビンに感じる。

「「せ～の！」」

一緒に仕切りを外す。

さて、どうなることやら。

視界に入るのは、フライパンに広げられたキーマカレー。焦げている様子はなく、むしろ肉肉しくもところどころに刻まれたタマネギやニンジンが彩りを演出。

けれど、問題はそこではなく――――。

「結構赤くしましたね……。買ってきた唐辛子どれくらい使いました？」

「半分くらい？」

「半分って、結構ありましたよね？　大丈夫ですか、そんなに入れて」

想像していたよりも赤く、そしてタマネギとニンジンに紛れて赤みの本体が顔を覗かせている。けれど激辛特番で見るようなものほどは赤くなく、どこまでの辛さになっているのか興味が惹かれる。

どこまでの辛さになっているかの不安はもちろんあるけれど……。

そんな俺の想いとは裏腹に、先輩は頬を赤らめてうっとりとした表情を浮かべる。

「もっとお肌綺麗になって孝志くんを喜ばせたくて」

「もう十分綺麗だと思うんですけどね……」

「えへへ、孝志くん大好き」

「俺も、好きです」

「知ってるぅ～、ふふふ」

あぁ、もう。本当にこの先輩は。

俺のためって言われたら、もう何も言えなくなってしまう。

これ以上綺麗になってほしい反面、先輩にお似合いの人が先輩に目をつけてしまったら……なんていういつもの不安が襲いかかっていたのに。

先輩の愛くるしい笑顔を見てしまったら、先輩からの『大好き』を聞いてしまったら、俺の個人的な不安なんて消し飛んでしまう。

もし仮にその不安が現実的になったら、俺がもっと先輩に相応しい男になればいいだけなんだから。

簡単じゃないのは良く分かってる。今だって先輩に釣り合っているとは思ってない。それでも先輩に振られないように食らいつく意地くらいはある。

好きだから。本気の本気で好きだから。

だから、料理だって先輩のことを考えて作った。

「で、そんな孝志くんは～？　スープ？」

「はい、塩たまごスープです。スパイスとか結構使うだろうなぁーって思ったんで、少しでも胃の負担を減らせるように、って」

先輩は止まらない。自分の中に芯があって、強い原動力がある。そんな先輩を止めるよりも、フォローするのがいいと思った。

だって、生き生きとしている先輩が好きだから。作り慣れているというのもあるけど……。

「あの、先輩?」

どうしよう。スープを見せてから先輩がジッと固まって動かない。

もしかして失敗してしまったのだろうか。先輩のお眼鏡にかなわなかったのだろうか。

どうしよう。どうしようどうしよう……。

果てしない不安に駆られていると、感心したような声を出す先輩。

「やっぱり敵わないなぁ～」

「何がですか」

「孝志くんの生活力の高さにびっくりしちゃう。フレンチトーストのときもだけど、孝志くんってサラッと披露してくるわよね。そういうところがもう、ドキドキしちゃう」

どうやら、びっくりして固まっていただけのようだ。そんなに大したことはしてないのに、先輩に驚かれて不思議と嬉しい気持ちになってしまう。

先輩の想定外のことが出来たんだ、と。

「生活力が高いわけじゃないですよ。元々先輩と同居するまでは一人暮らしでしたから、多少は飯作れるようになります」

「でもみんながみんな、孝志くんみたいに手際よく作れるわけじゃないでしょ？」

「それは分かりませんけど……」

「普段の孝志くんはもちろん好きだけど、きちんと自分の良さを認める孝志くんだともぉ～っと好きだよ」

少しだけでも先輩を驚かせられたことに満足していると、ほんの少しだけ真剣な表情をして笑いかけてくる紅葉先輩。

そんな先輩の表情にチクリとしたものを胸の奥で感じながらも、『好き』の言葉で幸せの上塗りをされてしまう。

「さてと、それじゃあご飯にしましょうか。い～っぱい、汗かこうね？」

そして魅惑的な誘いでさらに――――。

「ふぅ～ふぅ～……はむっ」

キーマカレーと塩たまごスープ。お互いに作った料理をそれぞれの前に並べて、まずは本命のカレーを口に運ぶ。

どれほど辛いのか。そんな不安を抱えながらも、熱々のカレーをふーふーして冷ます紅葉先輩の動作についつい気を取られてしまって、恐怖心もなく彼女と同時にカレーを口に運んだ。

「んん〜〜〜っ！　からぁぁあい！」

「唐辛子の袋半分ですからね、分かっていましたけど結構ビリビリッと……きますね、これ！」

まずはひき肉の旨み。後に続くようにカレーの風味。間髪容れずに、唐辛子の辛み。じわりじわりと体の奥から熱が放出されていく。真夏のような暑さを内側から浴びているような感じがする。

けれど、不思議なことに嫌な感じがしない。むしろ運動した後のようなスッキリしたものだ。

美味しさと辛さを両立させていて、お世辞なく食が進むカレーだ。

だからこそ、スープを作って正解だと思った。

「いい汗いっぱいかけそう」

「ちゃんとスープ飲んで倒れないようにしてくださいね？　いくらデトックスが体にいいって言っても何事もやり過ぎは危険ですから」

「孝志くんってばお母さんみたい」

「ちゃんと男ですけど⁉」

本当は汗をかいたらスポドリとかの方がいいかもしれないけれど、食事にそれは味気ない。

食事の中で塩分補給が出来るのなら、それで十分だと思った。

まさかお母さん扱いされるとは思わなかったけれど。

「知ってる。私の大好きな彼氏だもの。いくらお嫁にしたかったりお母さんみたいって思ってても、ちゃんと君は男の子だよ」

「んぐ……！」

「あは、照れてる」

「照れてないですよ」

「本当にぃ～？」

「ええ、もちろんです」

「どれどれ……」

にんまりとした表情で俺の顔を覗き込んでくる紅葉先輩。

本当に、本当にこの先輩は俺の弱いところを突いてくる。急に彼氏扱いされてドキッとしないわけがないじゃないか。

照れているか、照れていないかだって？　照れてないわけないだろう。

好きな人に大好きと言われて、照れずにはいられない。それだけ俺は先輩のことが好きで、この感覚はいつまで経っても慣れない。

いや、慣れなくてもいいのかもしれない。

だってそうだろう？　慣れたら、きっと照れなくなってしまうということだから。

そうしたら、紅葉先輩に揶揄われる機会だって減ってしまう。

「ん～、辛さで顔が赤くなってるのか、照れて赤くなってるのかわからないわね」

「……っ」

それに、揶揄っているときの紅葉先輩の無防備な姿がとても好きなのもある。

そう、無防備で色っぽい姿の紅葉先輩がとても……。

「ん～？　どうしたのぉ～？　目が泳いでるけど、何かあったのかなぁ～？」

「いや、あの……汗が、ですね」

「汗がどうしたの？　デトックスカレーだからいっぱい汗出さないとだよ」

「そうじゃなくて、先輩の服が汗で透けて……あと、前屈みで胸元が……」

「あはっ、こういうこと？」

俺がチラチラと様子を窺っているのに気付くと、無邪気な笑顔でシャツを後ろへグイッと引っ張る紅葉先輩。シャツがぴっちりと先輩の肌に吸い付く。

「あ、あ……っ！」

「ふふ、嬉しそ」

あまりにも魅惑的すぎる光景に、情けない声が出てしまう。そんな俺に先輩は汗で肌をしっとりとさせながら蠱惑的に微笑む。

続けて、俺の手を握りながら一言。

「お酒、飲もっか？」

「……いい、ですよ」

理由を聞かず、ただ彼女に流されるまま頷く。

というか、断れるわけがない。ただでさえ、魅力的な彼女にお酒の魅惑が加わるとどうなってしまうんだろうか……。

期待感を高めながら、先輩がお酒を準備するのを待つことにした。

「んん〜っっ！　スッキリする〜〜!!」

さっきまでのしっとりした表情とは真逆に、さっぱりした様子でお酒を楽しんでいる紅葉先輩。

続くように先輩の用意してくれたお酒を口にする。

炭酸のスッキリとした飲みごたえの奥に、柑橘のサッパリとした味が感じられた。

けれどそれは決して味わったことのないものではなく、思い出深いものだった。

「これって、昨日のやつですか？」

「そそ。度数高いから今日はソーダ割りだけどね。明日は起きれなかったら大変だから」

「……明日、何かあるんですか？」

「ちょっと借りを返しにね～」

「……？」

明日、何かあっただろうか。ふと考えてしまう。

チラリと先輩を窺ってみれば、少しだけ遠い目をしていた。

けれどそれは一瞬で、あっという間にいつも通りの先輩に戻る。

「大丈夫大丈夫。孝志くんに変なことをしないように言っておいてあるから」

「は、はぁ……」

「それより、カレー食べよ？　もっともっと、デトックスしよ？」

「は、はい……っ！」

いつも通りの、ちょっぴりエッチな紅葉先輩に……。

そんな先輩に邪念を抱いてしまった俺は、誤魔化すようにカレーが辛いことを忘れて口の中にかき込んでいく。

「あ、ちょっとそんなに急いで食べたら――」

「ごほっ、あっ……これきっつ！」

「あぁ、やっぱり。そんなに慌てて食べなくていいのよ」

「ご、ごめんなさい……」

気がついたときにはもう遅く、辛さに驚いてむせてさらに辛さが増す。自業自得というものだろうか。

けれどやっぱり先輩は優しい。こんなどうしようもない俺に怒ることはない。

さっきもそうだ。真剣な表情で訴えることはしても、厳しいことは言ってこない。

そんな先輩の優しさに、またズキリと胸の奥が痛んでしまうのだけれども……。

「ううん、謝ることないよ。でもそうだなぁ……」

とは言え、だ。

先輩に怒られるのと甘やかされるのとどっちが好きかと聞かれたら答えは明白だ。

甘やかされたい。とことんまで甘々な日々を過ごしていたい。その上で男として見られたい。

わがままだろうか。いや、この際わがままでもいい。先輩と幸せな時間を過ごせるのなら、どんなわがままだって言ってやる。

「もっと私のこと見てくれたら、嬉しいなぁ～」

「もちろん見ますよ」

「どんな風に？」

「どんな風って……」

「孝志くんがどんな風に私を見てるのか、気になるなぁ～」

先輩との幸せが続くのなら、先輩のわがままにだっていくらでも付き合えてしまう。

たとえ、どんなに恥ずかしいことでも。

「まず唇を見ます」

俺は即答した。先輩と顔を合わせてどこを見るか。そう言われたら、ここのところ唇を気にしてばかりかもしれない。

同居を始めて、頻繁にキスをするようになってからかもしれない。

それだけ俺にとって先輩とのキスは特別なことなのかもしれない。

現に、俺の告白に表情を緩ませる先輩の唇ばっか気にしてしまっている。

頻繁に変わる口元。ほんの少しの時間でも俺は何度もドキドキしてしまうのは、この変化がたまらなく好きだからかもしれない。

もちろんそれは、先輩のこと自体が好きだからなのだけれど。誰（だれ）の唇でもいいわけじゃない。先輩の唇だから好きなのだ。

「へぇ、唇なんだ。ちょっと意外かも。男の子ってみんなおっぱいが好きだと思ってたから」

「もちろん、興味がないわけではないですよ。ただそれよりも先に唇を見ちゃうんです」

「ふぅ～ん？　じゃあ、こういうのもドキッとしちゃう？」

先輩はそういうと、誘うようにして美しい唇を舌先でペロリ。

「……っ！」

あぁたまらない。本当に素敵でたまらない。ただでさえ素敵な唇が、伊豆（いず）の焼酎（しょうちゅう）に濡（ぬ）らされてより艶やかに際立（きわだ）つ。

お酒を飲む度に変わる美しさ。いつまでも見ていられて、それでいて何度もドキドキさせられる。

俺は違（ちが）う意味でお酒にハマってしまったのかもしれない。誰でもない、紅葉先輩に誘われて。

「ふふ、いい反応。本当に好きなんだね、唇が」

「かも、しれませんね……」

否定はしない。誤魔化すことなんて出来ないし、自ら告白しておいて否定も何もない。伊豆の旅館で明かすことの出来なかった俺、鈴木孝志という人間の一端をこうして見せることが出来たのだから、むしろ気持ちは晴れやかだ。

とはいえ、明かせることには限度がある。いくらバレバレでも、口に出せることと出せないことがあるのだから。

たとえば、そう――。

「で、次はどこを見るの？　もっと教えて？」

「……ぱいです」

「ん～？　なんて言ったのお～？」

「おっぱいです!!」

結局、女性の胸元を見てしまっていることとか。

というより、普段から何度も胸を腕や背中に押し付けられてしまえば、意識せざるを得なくなる。好きだからこそ、なおさら。

そして先輩も先輩で、俺が胸元を見ていることを白状するのを分かっていたのか、より一層ニンマリ笑顔になっていく。

　いや、ニンマリ笑顔だけで済めばそれでよかった。

「よしよし、ちゃんと言えて偉いねぇ～」

　まさかテーブル越しに頭を撫でられるとは思わなかった。しかも、白状したばかりだというのに、無防備にも前のめりになるのだから、目のやり場に困る。

「……あの、胸元が」

「んふふ。見せてるの、って言ったらどうする？」

「満足するまでこっそり見るかもです」

「こっそり見ることを言っちゃ意味ないよ～」

「確かに」

　では堂々と見てもいいのだろうか。

　きっとそんなことを言ったら、先輩は思う存分に揶揄ってくるのだろう。だからこそ、ちょっとした隙を見て、胸元——先輩のおっぱいを見てしまうんだろうけれども。

「でも孝志くんがおっぱい好きなのは、とってもよく分かっちゃった。やっぱり孝志くんも男の子だね」

「そりゃまぁ、紅葉先輩は魅力的ですもの」

先輩が他の人に唇や胸元、その他の部位をそういった目で見られるのはかなり嫌だけれども、それだけ人を惹きつける魅力があるのは事実。

けれど、そんな先輩の油断した姿を俺だけが見られる現実に、優越感を覚えずにはいられない。

そしてその優越感をもっと欲しいと思ってしまうのは、男の性というものだろうか。

「そういう紅葉先輩はどうですか？」

「ん？　私？」

「俺のこと、どう見てますか？」

「ん〜、そうねぇ〜」

つい、俺がどう見られているのかを聞いてしまった。

きっと先輩はいつものように揶揄うのだろう。それでいい。知らない方が幸せなことだってあるのだから。

「私のことをしっかりと見てくれる目が好きよ」

「目、ですか……」

俺の想いとは裏腹に、先輩は真剣な眼差しで俺の問いに答えてくれた。いつになく落ち着いたトーンで。

「そ。みんな私のことを欲望の限り見てくるけれど、孝志くんは違うじゃない？　ちゃんと私のことを色眼鏡なしで見てくれる。純粋な気持ちで私を知ろうとしてくれる。そんな目がとっても好きよ」

「……俺だって欲望がないわけじゃないですよ？」

「ふふ。確かにそうね。今だって、チラチラとおっぱい見たり唇見たりしてるものね～」

「う……っ、ごめんなさい……」

「ううん、いいの。孝志くんにならどんなに見られても構わないもの」

揶揄うことは忘れないけれど、それでも先輩は真面目に語ってくれる。

自分の性欲を素直に答えてしまった俺は恥ずかしくてたまらない。

それでも先輩は止まらない。俺の赤面を気にもせず、ただただ俺を褒めちぎる。

「だって、君は私の恋人なんだから。ううん、ただの恋人じゃないわね。お母さんもお父さんも認めた、とってもすごい人よ」

「あ、ありがとうございます……？」

「ふふ、どういたしまして」

正直どんな反応をしていいか分からない。こんなに褒められることなんてないから。むしろ、先輩しか褒めてくれないから。

大学生になってまで褒めてもらいたいと思うのはダサいだろうか。情けないと思われるだろうか。それでも俺はこういう人間で、先輩が俺のことを認めてくれるだけで十分に活力を得られてしまうのだ。

それもこれも、先輩が俺をリードしてくれているからだ。

そして今もそうだ――。

「ね、手出して？」

「えっと、こうですか？」

「えいっ」

「ちょ――っ⁉」

「んあ……っ」

俺の手を自分の胸に押し付ける紅葉先輩。

柔(やわ)らかな幸せが手のひら全体に広がると同時に、甘美(かんび)な声が部屋に響(ひび)く。とてもかわいらしくも、情愛を誘う好色めいた声が……。

「ふふ、どう？　わかる？」

「えっと……柔らかくてムチムチしてます……」

「孝志くんのえっち」

「先輩からしてきたんですけど⁉」

先輩はいつだってマイペースだ。本当に、本当にマイペースだ。

シャツ越しでも分かるジットリとした肌。それを手のひらでグイッと押せば、さっきと同じかそれ以上の甘い声が先輩の喉奥から漏れ出る。

向こうから仕掛けてきたのに、本当にお構いなしだ。いつだって先輩は俺を揶揄うことを忘れない。

だからこそ、俺は変に気負わずに先輩とのイチャイチャを楽しめているのかもしれない。

先輩にペースを握られるのは嫌いじゃないから。

もちろん、いつかは俺がペースを握れるようになりたいけれど、それはもう少し経ってからでもいい。

今は堂々と紅葉先輩と一緒にいられる幸せを感じていたいから。

「おっぱいの感想じゃなくて、もっと奥。ドキドキしてるの、わかる？」

「すみません、ちょっとだけ時間ください。本当に、本当にすぐなんで……」

「ちょっとだけじゃなくて、たっぷり時間使っていいよ。その方が孝志くんの大好きなおっぱいを堪能できるよ？」

「今の状況が嬉しいか嬉しくないかで言ったら、そりゃめっちゃ嬉しいですけどそれじゃあ話進まなくないですか⁉」

「そのときはそのときで、別の方向に進めばいいと思うよ？」

「例えばどのように」

「もっともっと私の柔らかさを知ってもらう、とか？　おっぱいだけじゃなくて、太ももやお腹、他にもいっぱいいっぱいいっぱい……」

「……っ」

生唾を飲み込まずにはいられなかった。というか、生唾を飲み込むことでしか衝動を抑えることが出来なかった。

手を振りほどくほどの勇気も、逆に先輩のおっぱいを揉みしだくほどの度胸もない。ただただここにいるのは、現状に流されることに甘え続けた自分。

幸せだ。あぁ、もちろん幸せだとも。先輩の色っぽい表情、柔らかい体、そして煽情的な仕草。何度、何度妄想したことか。

同居する前も後も、根本的なことは変わらない。ずっとずっと先輩のことばかり。

どんなことをしたら先輩は喜んでくれるか。先輩は俺のどんなところを好きになってくれたのか。どうして好きでいてくれるのか。そんなことばかり考えてしまう。

けれど、同時に先輩のことを頭に思い浮かべては、邪なことを考えてしまう自分がいる。

めちゃくちゃにしたら、どんな反応をするだろうか。力いっぱいに押し倒したら先輩はどんな表情になるだろうか。理性を働かせず最後まで突き抜けたらどうなってしまうのだろうか。

そんな、自分勝手な妄想を。その一端が、伊豆旅行で出てしまったのだけれども……。

「ふふっ、孝志くんがドキドキしてるの手を触ってるだけで分かっちゃう」

「……今揶揄うのは勘弁してくださいよ。こんなの誤魔化せるわけないんですから」

「本気だって、言ったらどうする？」

俺の気持ちなんて先輩には届かないのだろう。先輩の表情は本気のソレだ。とてもじゃないが逃れられないし、立ち向かう勇気もない。

手のひらに感じる幸せも、自分からさらに求めたりはしない。きっと求め始めたら、また伊豆のときみたいに暴走してしまうと思うから。

だから、いくら押されても先輩に押された分しか幸せを得ない。

大好きな先輩相手に邪な妄想をしてしまう俺には、もう十分すぎるほどの幸せだから。

俺は……先輩の笑顔を見れるだけで、幸せなのだから。

「ごめん、ちょっと意地悪しちゃった。孝志くんならきっと真剣に考えてくれるって分かってて、それでも聞きたくなっちゃって、つい……」

「俺がもし襲ったらどうするつもりだったんですか」

「そのまま受け入れちゃってたかもね」

「……また意地悪ですか？」

「ううん、本気。お父さんとのやりとりで孝志くんの覚悟（かくご）は十分伝わってきたし、そんな孝志くんが理性を振り切って襲ってくるなら、それもありかなぁって」

「先輩は俺を信頼（しんらい）し過ぎですよ」

「大好きだもの、仕方ないじゃない」

茶目っ気を覗かせてニヘラと笑う紅葉先輩。

あぁ、もう。そんな簡単に受け入れないでほしい。先輩がそんなことを言うから、勘違（かんちが）いして邪なことを考えてしまうんだ。

俺は先輩が考えるような純粋な男じゃないんだから。伊豆で十分わかっているはずなのに、どうしてそうも簡単に俺を信じてしまうのか。

あぁ、いや。分かってる。きっと先輩に問いただしても『大好きだから』と返ってくるに違いない。俺の大好きな大谷（おおたに）紅葉という女性はそういう人物だ。

どこまでもまっすぐで、でも揶揄いたがり。それでいて時々過激。けれど芯は変わらない。

どんな時でも俺のことを考えてくれている。そんな先輩だからこそ、果てしなく好きになってしまう。

「それで、どう？　ドキドキしてるの分かった？」

「もう俺がドキドキしすぎて、今手で感じてるのが先輩のなのか俺のなのか、まったく分かりませんよ……」

「ふふ孝志くんらしいね」

つつつー……。

俺の手を掴(つか)んでいた先輩の手が、腕を伝ってこちらに向かってくる。

振りほどこうにも、腕を伝う彼女(かのじょ)の指先がこそばゆくて何もできなくなってしまう。

まるで力を吸い取っているような、そんな気がしてならない。

やがて、俺の胸元に先輩の手がたどり着く。これで互いの手がそれぞれの胸元に添えられることになった。

なんとも不思議なことだ。そう思った刹那(せつな)のこと。

「私もドキドキし過ぎて、キミがどれくらいドキドキしてるか測れていないの。だからおあいこ、かな？」

「〜〜〜〜っっ!!」

突如として、首筋に感じたことのない感覚。ゾクゾクとした、得体の知れない感覚。

だというのに、嫌悪感どころか漲るものを体の奥底から感じ取った。

――あ、これはまずい。瞬時にそう思った俺は食事もそこそこに席を立った。

「ちょ、孝志くんどこにいくの!?」

「シャワーで頭冷やしてきます!!」

慌てる先輩を振り切って俺は風呂場へと駆け込む。

急いで先輩から離れないとマズい気がした。そうでなければ、伊豆のときよりも酷いことになってしまうかもしれない。

「……危うく、本気で襲うところだったたっ！」

――それほどまでに、強烈な性衝動に襲われた。

「ダメだぁ……。このままじゃ俺、先輩をメチャクチャにしてしまう気しかしない……」

冬場の水シャワーを浴びながら、胸に秘める邪念を自覚していく。

まさか自分は首筋が弱いなんて思いもしなかった。いや、首筋が弱いことはこの際いいとして、胸をめちゃくちゃに揉みしだきたいと叫ぶような衝動は危険すぎた。

せっかく幸太郎さんからも交際や同居の許可が出たというのに、すべてをめちゃくちゃにするところだった。

「どうにか、しないとなぁ……」

日を追うごとに増してくる性衝動。それだけ先輩のことを意識しているということなのだろう。けれど、それで先輩を傷つけてしまってはまるで意味がない。

どうにかして、この衝動を抑えるようにしないといけない。

さて、どうするか……。

あいにく俺に友達は多くない。男友達もいないことはないが、紅葉先輩のことを口にすると皆分かりやすく不機嫌になる。分かってる、紅葉先輩が人気者だということは。

とはいえ、だ。相談できる相手がいないわけではない。

「……あとで悠に相談するか」

男の性の問題を、女性である悠に相談するのはどうしても気が引けるけれど、この際文句は言ってられない。

紅葉先輩を泣かせてからでは遅いのだから。

◇閑話◇

「……今日は、そんな気じゃなかったんだけどなぁ」

真面目な気分。落ち着きのある気分。そんな日のはずだったのに、ちょっと照れている孝志くんを見ていたら、どうでも良くなってしまった。

数時間前お父さんにかっこよく向き合っていたのに、私相手になると途端に可愛くなる。そんな彼氏にキュンキュンするなというのは無理な話かもしれない。

分かってる。お父さんは私たちの付き合い方を信頼して同居を許してくれたということは。

私たちが十分に立場を理解できる大人だと信じてくれたからこそ、恋人関係を認めてくれたことを。

けれど、やっぱり私はお父さんが言うように子供なのかもしれない。

孝志くんとの幸せな時間を感じていると、自然と私は子供とか大人とかどうでも良くなってしまう。

一人の女として、孝志くんのことをもっと知りたい、孝志くんにもっと愛されたいと思ってしまう……。

たとえ、当初は真面目な気分だったとしても。

「こんなんじゃ、お父さんに示しがつかないよねぇ……」

心配しないでと言った途端にこれである。本当に私は孝志くんと出会って、自分の抑えというものが利かなくなってしまっている。

いや……孝志くんと出会ったからこそ、自分の本質が変わったのかもしれない。少なくとも、大学以前の私は恋愛にうつつを抜かすようなことを嫌悪していたのだから。

勉強をおろそかにして異性との関係に夢中になることは時間の無駄とさえ思っていた。それは私の中では、勉強やその後の就職が全てだったから。

けれど今はどうだろう。勉強や就活をおろそかにしているつもりはないけれど、最優先事項はここ一年以上孝志くんのことだ。

たった一人の男の子に、自分の考えの本質を変えられてしまった。さしずめ、運命の出会いというべきなのだろうか。

何はともあれ今はとても幸せだ。こんなにも充実した生活は孝志くん以外とでは考えられないし、考えたくもない。

だからこそ、気をつけないといけない。自分の考えだけで、孝志くんを拘束しかねないから……。

今の幸せは私だけの幸せじゃない。孝志くんがいるからこその幸せだ。

そんな孝志くんが幸せじゃないのなら、考え方を改めないといけない。

私だけの人生ではないのだから……。

私だけの孝志くんでもないのだから……。

そう。私は知ってる。孝志くんの魅力を知っているのは私だけじゃないことを。

だからこそ、孝志くんを縛る訳にはいかないよね。

彼の幸せは彼自身が選ぶものなんだから……。

とは言えだ。

「やっぱり、孝志くんの手大きかったなぁ……」

普段は隠れている彼の男としての部分にキュンとしてしまうのは変わらない。

変わりたくない。いつまでも私は孝志くんのいろんな一面に、胸をときめかせていたいから。

そんなことを考えながら、彼の温もりを思い出しつつカレーの辛さを味わっていく……。

幸せな時間。理性が危うくなるほどの過激なことを含めて幸せな時間。

この幸せが続けばいい。この幸せをどうしたら続けられるか。そんなことを考えながら、シャワーの温もりを分け合うように先輩と手を繋いでソファーに座る。

ただ目的もなく、寝るまでの時間を思い思いに過ごす。話題も唐突。

「ね、孝志くん」

「なんですか？」

「明日からちょっと友達の手伝いをしてもらいたいんだけどいいかな」

「俺なんかでいいなら、お安い御用です」

「俺なんか、じゃなくて孝志くんとだからだよ。向こうが孝志くんと一緒はダメって言ってたらそもそも断ってたしね」

「それは……」

正直ホッとした。俺と一緒じゃなかったら断ってたという言葉を聞いて。

たとえ先輩の友達であっても、先輩を独占されたくなかったから。

だからこそ、先輩が俺と一緒じゃなければ断るといったときには嬉しくてたまらなかった。

揶揄われるのが目に見えていたので、抑えたけれど。

「それじゃあ、返事しておくね～」

先輩は上機嫌。握っている手から先輩の機嫌がよく伝わってくる。

あぁ、幸せだ。この幸せがずっと続けばいいのに。そう、思っていたのに。

ブブッ――――。

テーブルに置いてあった俺のスマホが震える。

いったい誰だろうか。そう思い確認してみれば、相手は悠だった。

悠からのメッセージというだけだったら特に問題はなかった。

『やっぱり、あんたのこと好きだわ。学園祭、少しぐらい私に構え』

――――どうして、親友のお前がそれを崩そうとするんだよ。

あとがき

本著「お酒と先輩彼女との甘々同居ラブコメは二十歳になってから　２」を手に取っていただきありがとうございます。純愛系ラブコメ作家のこばやＪです。

前作「お酒と先輩彼女」（以下略）と同様、さまざまな人に支えられて無事に発行することができました。本当にありがとうございます。

作家としてデビューしたのは２０２２年の１月ですが、発刊は全て単巻でしたので、今回続巻を出せて嬉しくて仕方ありません。

まだまだラノベ作家として浅い私ではありますが、関係なく頭に思い描く物語を皆様にお届けできたらなと考えております。

短い挨拶とお礼にはなりましたが、最後にちょっとしたお願いです。

もし本作「お酒と先輩彼女」を読んで少しでも面白い、続きが気になると思いましたら、「おもしろい」だけで構いません。ＳＮＳで感想を書いていただけると、励みや続巻制作に繋がります。是非ともよろしくお願いいたします。まだまだおへそ書き足りな――。

HJ文庫 https://firecross.jp/
1161

お酒と先輩彼女との甘々同居ラブコメは二十歳になってから 2

2024年5月1日　初版発行

著者――こばやJ

発行者―松下大介
発行所―株式会社ホビージャパン

〒151-0053
東京都渋谷区代々木2-15-8
電話　03(5304)7604（編集）
　　　03(5304)9112（営業）

印刷所――大日本印刷株式会社

装丁――BELL'S GRAPHICS／株式会社エストール

Printed in Japan

ISBN978-4-7986-3532-3　C0193

ファンレター、作品のご感想お待ちしております

〒151－0053　東京都渋谷区代々木2－15－8
(株)ホビージャパン HJ文庫編集部 気付
こばやJ 先生／ものと 先生